U0605881

以一株青草的速度

马知遥 著

天津社会科学院出版社

图书在版编目（CIP）数据

以一株青草的速度/马知遥著 . 一天津：天津社
会科学院出版社，2016.11
　ISBN 978 - 7 - 5563 - 0316 - 8

　Ⅰ.①以…　Ⅱ.①马…　Ⅲ.①散文集-中国-当代
Ⅳ.①I267

中国版本图书馆 CIP 数据核字（2016）第 275110 号

出 版 发 行：天津社会科学院出版社
出　版　人：钟会兵
地　　　址：天津市南开区迎水道 7 号
邮　　　编：300191
电话/传真：(022) 23360165（总编室）
　　　　　　(022) 23075303（发行科）
网　　　址：www.tass-tj.org.cn
印　　　刷：天津市天办行通数码印刷有限公司

开　　　本：889mm×1194mm　1/32
印　　　张：8.25
字　　　数：203 千字
版　　　次：2016 年 11 月第 1 版　2016 年 11 月第 1 次印刷
定　　　价：45.00 元

版权所有　翻印必究

目　录

自　序

　　这是一本持续了二十年的随笔，这二十年间文学梦一直未断过。

　　尽管其间我从事着很多与文学无关的工作。

　　文字多写在深夜时。那时才感到自己和文字相亲相爱。所以，这里有童年，有小城阿克苏，有幻想的"白色鸟"，有我西部的理想。而我终究从那里走出，从戈壁深处，那个小小的城子。漂泊的主题一度成为深夜不眠的元凶，从西到南，从南到东。从阿克苏到西安，从西安到喀什，从喀什到深圳到石狮，从石狮到淄博到济南，我在中国的版图上转了一个大大的圈。我在画地图，我也在找自己。

　　我心有万丈，却往往彷徨。

　　在那个特殊的时代里，新鲜的事物新奇的世界引发着一片浮躁的气息。我们被牵引，被拉拢，被舍弃，然而内心却固执坚守着：做一个时代的见证者，一位充满创造力的艺术大师。

　　时光是最好的裁判。当二十余年过去，我已步入中年，当年的梦想似乎还遥不可及，内心却开始平和。

不是对失败的认可，而是追求之后的慰藉。在一个个北方的寒夜里，在一个个简单而艰苦的日子里，文学从未离弃。你学会和她交朋友，并认为她可以疗伤。你在创作中找到快乐，也将快乐传达给需要的人。

你更接近一个学习思想的人。文字的华彩消失，更喜于单纯，明白地表达。你甚至学会了祈祷。当需要安抚内心的时候。学会了将曾经获得的美好继续传递。

你是一个善于跨界的人。从文学中的诗歌到小说；从民俗中寻找艺术之趣；从家族的历史里亲近人类学的内核。从那个遥远处走来的野孩子，那个流鼻涕爱哭的小男人，终于拥有了坚强的内心。

二十年后拿出一本随笔，点滴记录下一个缩影或一个侧面。而更多的是试图以一部个人生活史为一个时代的历史汇入一丝亮光。个人史本质上就是时代史、族群史。

2016 年 7 月 26 日凌晨

童年的色调

爸爸的黄羊

我不知道没有了动物的山梁还是不是我的故乡

——作者题记

我之所以要到依麻木来是因为父亲说：他可以带我打到黄羊。

大片的白杨树窜得比天还高，比我在城里见到的白杨树高多了。而且有河，那水是真正的水，闪着金子一样的光彩从土里从眼前的沙石中长出来。河两岸趁势长了好多的青草，疯了一样紧紧地贴着泥长，生怕被河带走又怕不能把这所有的水都霸占了。野鸭子停在河中心的一片小岛上，成群结队，像是秃子头上的疮。褐色的野鸭总是引诱我们用石头丢它，它们时不时会被我奋力摔出的石子惊得飞起来又落下。

"为什么不打几只那东西呢？"

20世纪70年代全家合影，前排右一为作者

"那家伙的肉太酸了，恁难吃恁难吃的。"

"那你带我打的黄羊肉好吃吗？"

"那肉可好吃了，比什么肉都好吃。"

"你吃过吗？"说完就抬头看看父亲，几绺头发耷拉在他的额头，父亲的头发总是这么湿漉漉的。父亲刚才从河里走出来，他看了看他昨天晚上放下去的钓钩现在钓上了鱼没有。那些鱼张狂得很，有时候把整个鱼线都扯断了，把钓钩咽到肚子里走。给人玩呢。那是最气人的了。

"日他个妈的——又让那龟儿子跑球掉了，下次我要把鱼绳弄得结实一点。好几回了，都让这鱼跑了。"

"你怎么知道是一条鱼干的。"

"我知道是一条鱼，那家伙太狡猾了。每天都要来惹我一下，把钓钩咬断或者就带着钓钩跑了。不是它，老子早就钓到很多鱼了。"

"爸——他是不是鱼头呀。许多动物都有头，他们的头很狡猾，也很厉害。"

"可能吧——那这鱼头看样子都成精了。"

依麻木是塔里木盆地边缘的小镇。在山上我可以发现依麻木其实就在一片的戈壁深处，戈壁滩上的顽石滔滔不断地包围着它，那些个老石头从远看像千军万马，像长着翅膀的马，在大风里往这边来了。好在有这么多的比天还高的窜天杨死死地守在依麻木的外面，马突然停了，他们的脚在窜天杨的威势下放慢了速度，风速也就减下来，却因为惯性的力量将整个杨树林吹得仰天直嘶。在杨树林的里面，父亲弯下腰，不住地将从潮湿的水草里爬出的小癞蛤蟆装进随身的玻璃瓶，那么多不知死活的癞蛤蟆刚刚做完蝌蚪的梦，我还能看见他们从水凹里拖着蝌蚪的残迹往上爬，那低低的浅浅的坑几乎成了一坐高崖，它们奋力爬上来就进了父亲的手里就进了玻璃瓶。我用手碰碰，湿糊糊的，怎么身上就起了一层鸡皮疙瘩。就缩了手蹲在一边看。

"快点动手抓，抓了这些东西晚上咱们回来以后就可以把他们装到钓钩上了。鱼好吃它们。"

"那鱼吃了身上会传染疙瘩吧。真恶心。"

"快抓，这东西其实很干净，现在它们刚刚从蝌蚪里来，还不脏呢。就像刚刚从蛋壳里出来的小鸡仔。"

就看见那无数从水坑里往外爬的家伙们冲着我笑。那眼睛天真地看着，那些青草那些暖暖的沙地一定吸引了它们。然后它们看见我就冲我来了，因为它们没有见过这么大的东西，它们想大树下面好乘凉。于是，比我拇指还小的家伙们就进入了我的大拇指和食指的交错中，那接触的一刹吃惊的不是它们而是我，我的鸡皮疙瘩在我轻轻的拿捏中排山倒海地来了。

"还是打黄羊吧，晚了咱们就打不上了。"

"不着急，那家伙不是咱们说打就打得上的，它跑得快着呢。咱们要碰运气，守在它的家门口才行。"

骑在马上过来的是阿依夏姆，这姑娘老爱骑着马不远不近地跟着我们。父亲朝她喊了话，她也回了话就是不过来。她骑一匹白色的马。女孩子就是喜欢白色就是喜欢白马。白马肯定也喜欢让女孩子骑。干净而且安静。绿草在杨树林里，阿依夏姆就在杨树林和绿草里穿行。

就像在这片土地上飘，那整个依麻木小镇就是她自己的船。她肯定看见我和父亲向林子外面去了。

我们走到了林子外面就碰见了那停驻的千军万马，那漫漫的黄沙和石头其势汹汹。父亲这时候把一只手搭在了我的肩膀上。我看见阳光刺眼地照着我们，我们的影子很矮小。我们面对的是一望无际的大戈壁，我们从心里成了一两只可笑的蚂蚁。试探性地往前走，试探性地从嘴里哼出歌。

四脚蛇懒懒地横在滚烫的石头上，用脚踢过去它打个滚儿连叫都不叫一声，迅速地逃离现场，无声无息。几只野兔从石头缝里探出黄色的皮毛，我随时都可能将石头向它们扔过去。但父亲要我静静地等候，我们今天是要打一只黄羊归去。我们不能打草惊蛇。大颗的汗珠从父亲的脸上滴下来，此时父亲靠着猎枪守在一块大石头的后面，而石头后面正好是一片荫凉。

　　"有时候我们需要等待而不是出击。"出了林子父亲说了头一句话。他竟然开始闭眼养神，有些无所事事的样子好像忘记了今天是来干什么？

　　我一次次想从他那里知道将要发生什么？我们应该做些什么的提示。但他真的睡了，那浓浓的鼾声足以说明一切。他忘记了自己今天来这里的目的。

　　静静地沙地上不能看见什么。除了石头就是石头。青草和河流在杨树林里，离开我们很远很远。我听不见它们的声音。只是一片林子就好像隔开了两个世界。两个世界在这里分庭抗礼。剑拔弩张。

　　一只野兔是这时候进入我的视野的，它金黄的皮毛和诱人的眼睛在金色的午后的戈壁上模糊而闪亮。最为奇怪的是它好像就是为了让我注意它并开始抓它。它不住地往我这里望，含情脉脉，望了一阵看我无动于衷就向前挪了挪。然后就停住，故意别过脑袋，眼睛却斜视着，看我还是一动不动的，它又往我这边挪了挪。

　　"爸，这有一只野兔。"我望望父亲。

　　父亲睡着了。

　　我小心翼翼地操起了身边的木棍，然后高高举起。野兔就在那时候往前跑了。我随即提起身子猛追。感觉身轻如燕。耳边是呼呼的风声。野兔的轨迹多变，一会儿往东一会儿突然折向北，我不得不不断地调整我的路线。戈壁的午后炎热无比，阳光散发着燃烧后的光焰，整个戈壁都在熔化，那无形的热形同火苗无声地蔓延过来过去。我的双脚踩在烽火轮上了。野兔忽然停住了,它好像无所畏惧地冲着我扑过来的方向,高昂着它的头,像一个肥壮的狗。我眼看就要够到它的鼻子了,我挥舞着手中的大棍,打出去,冲着那野兔的头顶打过去。木棍就在要出未出之际,我看清那只野兔的眼睛,慈爱的眼睛里盛满了母爱的柔情,我惊出一身冷汗。我停住了,我抓住了要扔出去的大棍,我看见那野兔已经逃了很远,它在很远处转身看了看我然后消失在一片黄尘。

我回身往后看,我希望我能看见我的父亲或者那块石头。无边的戈壁大海一样地淹没了那巨大的石头。更没有父亲的影子。我想冲着有树的地方走就能到达依麻木,到了那里我就可以找到父亲了。可我看不见树木的影子。那些绿色刚刚还伴在我身边的那些河流的声音突然销声匿迹。真正的人走茶凉。而现在我意识到这还不仅仅那么简单,因为我面对的将是一场迷失,迷失在戈壁深处。一场真正的较量要开始。

我的心里紧张而苦闷。没有想到命运对我的考验那么快就来临了。我看看周围,疙疙瘩瘩的大小岩石冷漠地瞪大了它们的眼睛,这些沉默的怪兽惊讶地盯视这千年不遇的东西,它们有些开始起身往我这里走,那巨大的脚踩得地都疼了。整个戈壁都要被它吵醒。我没有办法就只好往旁边的山洞里钻,我想躲在这里是最安全的,就在那里我看见了那只引诱我脱离父亲的野兔,暗影里紧张地看着我,它已经无处可藏。我伸手就逮住了它,它无辜地瑟缩着可怜地看着我,金色的皮毛抖落出戈壁的沙石和尘土,我想等着它开口说话。我们僵持了许久。

我听见了由远及近的巨大的脚步声,我能感受到我内心的恐惧和不安。我怕自己要受困在这个一望无垠的地方,这就是死亡和恐惧。我的心跳能从这只野兔的心跳中传达。我感到自己的心正紧紧地攥在这只金黄的野兔身上。然后什么声音也没有了。风从洞口轻悠悠地划过。我出来，兔子出来。我们向四周看看，兔子就一蹦一跳走了。我看着它跳到山梁上，然后我就看见了一只我想象中的黄羊，那绝对是一只黄羊，金色的皮毛闪闪发光，照亮了整个大山，照亮了整个沉闷的戈壁。它高耸着它巨大的如同戈壁岩石的头，木然地盯视着这个土地。

"黄羊——"我惊呼起来，也就在我叫出这一声的时候，我听见了一声沉闷的枪响，如同从河流深处传来的一声波浪，如同沉睡中的一声惊叫，拍打着翅膀冲着这边过来了。我看见那只金色的黄羊一头栽倒在山梁上，然后它沉重的身体慢慢顺着山梁开始往下滑。我快步向它冲过去，我不顾一切。

我终于到了黄羊的身边，它深情的眼睛说：我的孩子我一直在等你的到来。你终于来了。它说完就闭上了眼睛。接着我又听见了形同拍打着翅膀飞来的子弹的沉闷的呼啸声，接着我扶着黄羊的手臂上开始流下鲜血。我趴在黄羊温暖而潮湿的胸前，我能听见那有力的心脏的跳动。然后我感到自己的眼里注满了泪水，身上开始寒冷。然后我感到自己正侧身躲进黄羊的体内，慢慢地变大变大，最后躺在山梁上的黄羊就成了我，而真正的黄羊如一阵清风悠悠而去。

我接着听见了父亲的脚步声在走近。他走近我就喃喃自语地祷告：羊神呀——请原谅我的冒犯，我知道你是这里的守护神，这里的子民都尊你为他们的祖先。可我也不能欺骗我的儿子呀，我答应他如果这个假期来戈壁滩看我，我就带他打一只黄羊。原谅我吧。

父亲接着用力将我扛在肩上，如同扛着一头牛。我想大声地喊，可我听见发出的声音是一只家养的绵羊发出的可怜兮兮的叫声。那声音时断时续，如同含混不清的梦呓，如同粘稠的泥沙堵塞的河段。最后我只有温情的眼神，我的眼神正对着父亲的眼神。父亲看了我一眼就别转身去，他大声地唱着歌，然后大叫着我的名字：儿子，快来，看父亲给你打着黄羊了。父亲不是吹牛皮。我看见了父亲的得意，我想父亲无非是想把这份得意在自己的儿子面前表露出来，现在他的愿望已经实现了。我无法再目睹找不到儿子的父亲是怎么惊惶失措地调动所有的当地人开始寻找，是怎么骑着马在黑暗中跋涉，是怎么百思不得其解，儿子到哪里去了？为什么生不见人死不见尸。

　　村里人在父亲伤心沉闷的时候已经迫不及待地开始剥我的皮了，他们喜气洋洋。在传说黄羊已经被宰杀干净的时节里，一个外乡人帮他们猎到了一只黄羊，这无论如何是该庆贺的事情。黄羊好呀，浑身是宝，拿到明天的集市上可以卖个好价钱的。管它是不是自己的祖先呢。一把熟练的刀子取走了我的心，接着是我热乎乎的肝脏，我的皮被几个高手整个地完好无损地揭下来，这可是金黄色的少见的黄羊皮，一村的人都围过来，排着队等着分我的肉了——我再也无力再看下去，我闭上了我的眼，当一把砍刀冲着我的肋骨砍下去的时候。那时候我知道了"依麻木"，它的含义就是黄羊之乡。

白色鸟

　　传说，沙漠里有一种鸟，全白，叫声锐脆。身材极小，打不过一只北方麻雀，嘴短而尖，四季羽毛丰满，还有一对乌亮乌亮的小眼睛。总之，它什么都小。人们说它因小而生存。大风沙中它可穿越罅隙而自若，竞争搏斗里就因为微小而找不到敌手，沙漠中便只有了这种鸟。白色的鸟。

　　没人真正见过它。不过它一刻也不离开沙漠。骆驼能在风沙里穿行就因为白色鸟的指引，当找不到水时，白色鸟就会变成一汪清泉，而只有骆驼知道。但主人们只知道骆驼会找水。骆驼就成了救命恩人。

　　许多人都开始进入沙漠，寻找这种神奇的鸟。寻找它干什么，他们自己也不知道。即使得到了白色鸟，他们又能怎样，只有他们自己知道。但这种行动绝不能与做发财梦或成名梦等那些活动相提？他们只在寻找。

　　白色鸟是在这一年沙枣花开的时候出现的。沙漠里枣花是最迷人的花。它只为一人张开。淡白的小花清香的味儿，虽然只是不多的几株，然而它活着，活过几世纪谁也不知道。皴皱的皮肤和多刺的大手让它从死亡里逃脱。只有它倾心死亡，只有它知道活着是另一种死亡的方式。只有它知道白色鸟的下落。

倦了，的确疲倦得要命。好像还来不及回味和严冬搏斗的过程，来不及等，春天就来了。来不及在冬天里梳理，羽毛已经落去。白色鸟即使在这时，仍放松不了警惕。它费力地攀上枣树的最高处，一方面可以随时发现落难的事件；一方面可以保护好自己。

昨天，它冒着风雪又解救了深入沙海的一支驼队，这是那冬天它做的最后一件事了罢。想想现在已经是新的一年了。那队伍里的两个孩子，它真喜欢呀，天真、热切的目光。我被他们发现了——它突然这样想，因为在它又要飞去时，它听见那两个孩子的声音——那是白色鸟呀，闪电一样的白色鸟——等等我们……

为啥许多年来人们都在纷纷说起我，为啥又有许多人来寻找我呢——他们不知道深入沙漠的危险吗？他们不知道，塔里木盆地——死亡之角这个名字吗？嗨，人类呀，你们这是走向死亡的步伐。难道，你们不畏惧死亡，难道只为了找寻一只救护你们的白色的鸟，一个普普通通的小得可怜的躯身。人类，在我眼中不就是一些比我高大一些的鸟吗？为什么不去照顾好他们自己呢？

为了人类，却又在毁灭人类。

枣花凋落，枝头已占满了青青的沙枣了。远远的，两双粉粉的小胳膊小腿向这边靠近。这是白色鸟没有发现的情况，它太累了，天蓝蓝的，比真正的大海要蓝，孩子们认为，这里海长在头上了。所以天便是海，那么空中飞的便是鱼了。那雪白的云就是浪花。可怜得很哪，这里的大海没一只鱼，他们知道他们的鱼就是那个夏天见到的白色的闪电。

所以，诗人眼中天就是天，地就是地。两个孩子在叫天为海，把鸟叫鱼，其实他们只是认为那鱼只是一个比自己更小的人，又有谁能更接近这孩子的心呢？

　　寻找白色鸟。他们自打有了这个想法就一天天成熟起来。他们一点都不再是娇弱的大头娃娃了。我们是大人了，我们要找白色鸟，一个白色的闪电。一个比我们小但比我们勇敢的大人。

　　在走出家门时，在他们走离驼队时，他们就像个大人一样地行走起来。青青的枣好诱人呀。在沙漠里，一点绿色便是世上最好的阳光。我要靠近它，去摘它。摘几颗不成问题，这枣树枣儿多呢。吃了几颗，树下的妹妹忽然见到了顶端的那一颗，大大的在阳光下放光，在蓝色的大海下面它太美丽了。我去摘它，树上的男孩移过去，一点点靠近像是在捉一只小鸟一样地仔细，不让它飞了，绝不能让它飞了，他向前靠去，他现在只要伸一下胳膊就可以够着那枣了。

　　我闭上眼吧，树下的妹妹悄悄地想，她脖子都扯得酸痛了。我不该要那颗枣，我不该要。哥哥，你下来吧，太危险了。妈妈说过一个故事，越美丽的东西越危险呢。哥哥，可是我想喊却喊不出了。现在只有危险两个字卡在我的喉头。

　　从粗糙的树身上爬过，男孩只感到细嫩的皮肤一点点被划开的快感，像是体会被捆缚已久的东西在急着往外涌。现在只要一伸手了……

　　白色鸟是一转头时看见那支小胳膊的，它很迷惑，这么小的胳膊在向它移来（虽然要比它整个身子都大得多），它本能地想飞走，可是这是多么熟悉的眼眸，明净、坚韧、热望，这是一个真正跋涉者的眼眸呀，从一个孩童的眼中看见了，这是白色鸟最喜爱的眼眸，和白色鸟一模一样的呀。它注视着男孩的一举一动。它不敢相信是一个孩子在攀登，这是多么高的树呀，已经插入空中，旁边就是白云……他不知道……

　　我就要抓住它了，男孩禁不住兴奋地冲妹妹叫喊，树下呼应的是一声清脆的声音：哥哥，太危险了——没一点声响。男孩在听到树下那一声时同时伸出手去，他落下去了，和那同时倾斜的树枝一样，向大地伸展，断裂的树枝在向大地深处伸展。粉粉的男孩和它栖息的那条树枝一起，从枣树的顶部向下伸展。那一瞬，他注意到那不是枣啊。

还是蓝蓝的大海的天，没有一条鱼儿。可怜得很，没有见一条鱼。许多年没人再进沙漠，他们许多人都住在离这里很远的大都市里，偶尔也给孩子们讲从前的传说。

我至今不明白，在我伸出手和断裂的树枝一起沉落时，它为何没有一点起飞的欲望，只那么亲切地认真地看我，对我微笑……（男孩想。）

现在，沙漠里连人也不见了，平静的天，这海里没有一尾鱼。童声隐约传过来，一粗一细，一个在问另一个：咱们还去找吗？脆脆地。

1991 年 20 岁时的作品

听妈妈讲过去的故事

　　我的母亲今年 63 岁，听母亲讲过去的事情是件很幸福的事情。我所说的幸福是指当我们这些人还有机会凑到母亲身边，亲耳听她讲她经历的人生，体会她曾经走过的道路，那几乎是一种传奇的享受。在母亲那里，不论过往有多少辛酸，当多年后以回忆的身份进行时，一切都化做了美好。

　　母亲是四川人，出生在四川遂宁地区的乡下。她告诉我，我姥姥生养了 13 个孩子，但只活下来 6 个，其他的兄弟姐妹都陆续在不同的时间段夭折了。他们或者死于疾病，或者被饿死。总之，到后来母亲的兄弟姐妹还剩下 7 个。那个时候，姥姥好像长舒了一口气，因为最大的儿子已经 19 岁了，壮的如同一头牛，可以和姥爷一起下地干活，而且一个人能挣很多人的工分，家里的日子也因此好起来。但我的那个大舅舅因为有一次下地干活出了大汗，跳进池塘里洗澡，等回到家就得了重病，几天后就死掉了。从此，姥姥家的日子又一次跌入低谷。母亲说：那时候的姥爷突然间苍老了很多。脾气也很暴躁。因为大舅舅一死就还剩下小舅舅一个男丁，而且那时候小舅舅很小，根本指望不上，母亲那时候也不懂事，经常因为饥饿而哭泣，而且一哭起来就没完没了。追着闹着问姥姥要吃的。有一次，被吵得火起的姥爷硬是把正在哭泣的仅有5岁的母亲一把抱起，然后从高高的崖头扔了下去。后来是姥姥跑下山崖把她救了回来，好险！每听到那里，我们的心都会揪一下，然后就恨恨地想：姥爷可真够黑的。

在母亲心里，姥爷是创业的英雄。她经常会说：想当年你姥爷可是一碗豌豆发家。原来姥爷的父亲死时只给了姥爷一碗豌豆，家徒四壁。姥爷把那碗豌豆发了豆芽去卖，把卖豆芽的钱攒起来买了工具做豆腐，从此用滚雪球的方式一点点地置办起了家业。到娶姥姥生了大舅舅的时候，姥爷的家业已经够得上当地的一个富农了。

母亲到现在还遗憾的是，姥爷这样一个有经营头脑的人，却死于饥饿。为了让家里的孩子们有吃的，姥爷一个人要下地干活然后省吃俭用，最后只能饿死。为了讨生活，母亲19岁的时候跟着自己的表姐跑到了新疆。因为听说支援新疆的青年人都能得到一份工作。热血沸腾的母亲就去了，她加入的援疆大军其实并没有那么多工作可以让她们去做，她被分到了一个叫阿克苏的地方，在当地的水文站副业队里种菜。在那段日子里，母亲认识了当时23岁的父亲，那时候父亲已经来新疆很多年，他因为成分不好17岁就从甘肃老家跑出来，对新疆的情况可以说了如指掌。他那时已经是一月能得到34元钱的水利职工。套用当时很时髦的话就是：在共同的革命工作中，父亲母亲彼此擦出了爱情的火花，当时的母亲在新疆没有可以依靠的人，而当时的父亲也是一个人在新疆打拼。那时，父亲打动母亲最大的一件事情是，当她说起老家四川的亲人需要钱时，刚认识母亲不久的父亲，竟然拿出了所有的积蓄200元钱。没有多少人这么疼爱自己，母亲一下子就爱上了这个穷小子。

母亲的婚礼是非常简单的。据说只有一个床单是新的，家中唯一值钱的是一个闹钟。婚礼是在父亲当时工作的戈壁深处的一个小小工作站举行的。三五个同事来祝贺了一下，大家一起喝了酒。等母亲生了哥哥和我不久，她就把舅舅和几个姨妈也带出了四川。刚到新疆谋生的舅舅和姨妈等一大家子要来分我们一家五口的粮食，突然间，我就从过去能吃饱肚子"坠落"到一天只能用一个大饼充饥的地步。多年以后母亲每说起这件事情都要伤心流泪。她觉得当年最对不起的是我。因为她的亲戚们来，多了很多嘴，而同时为了让在野外工作的爸爸和跟随爸爸的哥哥吃饱肚子，妈妈把口粮尽可能多地留给了远方的他们，给家里留得就很少。这样我和她就经常处于饿肚子的边缘。通常是妈妈每天做一个大饼，然后用刀分成四份，我得三份，她一份。她要求我分早中晚来吃，但我常常因为饿很早就把三块自己的饼吃光了。而当时母亲还要工作，我饿了就到处找她，找不见就哭。妈妈说那时候她其实是躲着不敢见我，因为她实在找不到可以给我吃的东西了。

当时大院里好多孩子家境很好，吃粮充足，没有外人来分他们的，所以还经常能吃上白面馒头。我经常看到别的孩子拿着白面馒头炫耀地从我身边走过，口水直流，但我还有尊严，不想问他们要。可眼睛却是一眨不眨地盯着，那孩子手中的馒头似乎在阳光下面是闪光的萝卜，是奇迹。我能看到纷纷扬扬的馒头渣从孩子的嘴角掉落，我控制住自己不去想，但等那孩子走远了，我跑过去，从尘土中拾起馒头渣感觉那就是世界，是全部。估计和现在中了彩票的感觉不相上下。

母亲终于过上安定的日子后，就决定把姥姥从四川老家接到自己家里住。为了尽一点孝心。可命运似乎给母亲开了个玩笑。当舅舅以儿子的身份，揣着母亲给她的钱回家接姥姥时，他本来是特别高兴的。可当若干天后，舅舅从列车上下来告诉母亲：姥姥因为身体虚弱，死在了从四川到新疆的火车上时，母亲顿时垮了下去。姥姥应该算是客死他乡。她是乘火车到了新疆的大河沿车站，准备转车去南疆的时候去世的。当时舅舅把她安葬到了大河沿车站附近的墓地。据说那墓地里埋葬着许许多多从外地来新疆的陌生人。他们大多数是无家可归的人。

母亲辛苦地劳作着，把希望都放到了我们身上。当我们三个孩子都相继大学毕业、工作、结婚后，母亲从新疆退休来到了我们身边。在她眼中：孩子在哪里，哪里就是家。她临出新疆时，拿出几万块钱，亲自将姥姥的坟墓迁到了舅舅所在的城市阿合奇，在她看来，姥姥不能一个人躺在一个陌生的地方，她应该和亲人们在一起。

当完成了那个愿望后，她到了山东。现在母亲身体健康，性格活泼，仍旧辛勤地帮助我们三个兄妹照顾着下一代，她和父亲的经历成为我们一个宝贵的传奇，成为我骨血里流淌的故事。我常常想：越过戈壁，越过那胡杨林，越过那些大漠的风沙，我的母亲该是多么勇敢的女子。而她的经历也将成为盛世中生长的我们值得回味的一段个人历史，鼓励我们珍惜来之不易的现在。

发表于 2009 年《祝你幸福》杂志第 5 期

让童年回忆

　　1975 年的北方，记忆中的它只是一间小屋，我静静地躺在热炕上，看旁边那个妇人——高大而慈祥，她正一心一意地织毛衣，有时眼望我这儿瞟一下，就像镜子一样把我照进去。记忆里我的兄弟，那个已能在炕头上下奔跑，能时不时吹出一声口哨的家伙很是神气，他总是拿一支手枪木撅撅地靠近我虎着脸透着神秘说："你的共党八路的干活！我的皇军的斯拉斯拉的。"然后单等我在万分恐惧中圆睁了眼并禁不住惊嚎，他才拖着一地的嬉笑跑远，旁边的那位高大的妇人就冲着他假装狠狠地骂几声。每到这时候，我又有了安全感，小小的身体四肢并用，滚到妇人身前紧紧贴着她，她便放下手中的活，拥住我在耳边低低地唱：弯弯的月亮小小的船，小小的船儿两头尖……

　　能走出那间小屋的日子，北方彻底地袒露在我面前。那是属于我和小伙伴的北方，一个很大的住 40 户人家的大院，院外一望无垠的大菜园，那是我多年以后写到的关于在西大桥的童年。

　　我至今遗憾的是没有给童年生活起到一个很好听的名字。这得归罪于那个年代，把我生活的乐园很呆板地实事求是地命名为：副业队。一听像是公社。同时又是搞副业的公社，其实是市水文站下属的一家单位，以种菜种水果为主，干着农民的活拿着国家职工的工资。我至今记得那条大河，它总是水流宽阔，不紧不缓，这就为我能有足够的思想准备去描述它，同时也为我的兄长的命庆幸，因为是这条河试图夺去他同时又给了他一次生命。

那条河叫多浪渠，由于河水表面总是有一些小小的浪头起伏而得名。渠水是塔里木河的分支，河水常有细沙，沙也是灰的。两岸人们人畜喝水都用它，河水一过滤去了沙就是很清很清的了。而往往是，人们牵着自己的骡马并一条扁担，先饮了马又灌两桶水往回走。有讲究的人家就过滤，一般是不太认去做的，除非家里来了特别的人，也因为人们的讲究不一样，上游的人在饮马，下游来个讲究的人家，下游的就想往上游走走，上游就冲着他喊：别走了，我先等着你用吧。下游的就有些感激地手脚麻利地拽上两桶冲远处的那位大声谢了。本来四十户人家家家都熟知的，都是从全国各地来的知青们，所以，谁都明白谁是哪里人，哪个是城里的，哪个是农村的。自然就明白哪些人是真讲究，哪些是穷讲究，哪些人和自己一类。

那一年夏天，我童年的北方终于从大院的四十户人家转向更辽阔的菜园，去菜园的路上就看见了这条大河，我看到了我的影子，以致多年以后当我驻足在这条大河前时，又感动地想起曾经的童年，那一小小的七八岁矮人儿，带着对人世的憧憬在波光闪动中飘扬着思绪。像两岸的青草一样繁茂的思绪在那时跟春天一起来到，像从铁笼里放出的一只老鼠贪婪地吮吸着田野、土地和河流的气味。田野的气味像水果糖的糖纸，花花绿绿且有淡淡的不留意不会观察到的淡香。土地像只蚯蚓，湿漉漉的，滑腻腻的（那只是最初的感觉）。河流，对河流是最好的了，有人竟能在里面游来游去像一只蝌蚪，家中的碗里不就有母亲给弄的小蝌蚪吗？他们这样会不会压死河里的小蝌蚪，会不会把河水搅泼出来。就看看脚下，是不是有水泼上来了。

以后两岸青草的河边，成了我和小伙伴们打仗、赛跑、捉泥鳅的好去处，在那儿我学会了一生中最初也是最后的一种游泳姿势——狗刨。1994年的那年夏天，我因为用狗刨想横游200米宽的深水池，便不自量力地跳了下去，被挣扎和呼救困厄，差点溺亡。后来被救醒过来的第一个念头是：我当初如果多学几式该多好。也就是在那一刻我恐惧死亡，我发现死神就在身边不远，他死命地拽你的手脚你却在拼命挣脱，当外界的喧哗被水面覆盖，你的视线被水抢掠，你便走进了被水朦胧的世界，呼吸急促，手脚忙乱。有人在前面引你走向更深的水。水是生命的象征！这话直到那年的夏天才被引证。我确信自己是在那夏天游泳遭水溺之后明白了这个道理。

而多年之前在多浪渠，当和伙伴们奋不顾身地投入河水后，凭着几下狗刨，我们被水载往很远，然后在某一处，三下五除二地拽住树枝爬上岸来，那时候小小的狗刨式就是伙伴们共同的搏水方式。我的哥哥在那一年夏天想在水较深的地方扮演一位心目中的游泳健将，他高高地从河岸边的一棵大树上跃下，像小鸟一样向水面俯冲下去，水面上开出了一朵花，大大的花，然后哥哥的头开始浮动，像往日一样。后来我们发现那头浮动得奇怪，他并没有被带向河岸，而是被冲向河心，一股旋涡在慢慢吸着他，后来他的头看不见了——我们开始慌张起来，我出于同胞的本能率先哭起来，并且第一次那么嘹亮地传向菜地的方向。

像地底钻出的天兵天将，妇女们在我母亲的带领下冲了过来。那时候，我的哥哥正好抱住了一捆草，然后他揪住了河岸上的一棵灌木。也多亏了他轻巧的身体，阿依霞姆大婶率先在灌木断裂之前把他拉入怀中。所以，哥哥的命是阿大婶捡来的。看到我哥哥青紫的脸和因惊吓而不停哆嗦的手脚，我的心也是一阵寒凉，我远远地看着母亲从阿大婶手中接过他而伤心的样子，心里想：哥哥怎么会成这个样子。他不是还活着吗？

这种情景没想到二十几年后会在我身上重演，当我被救上岸来，看着周围的朋友时，有小孩在问：你的嘴怎么全乌了？叔叔的腿脚在发抖呢？因此我开始佩服我的哥哥：生命的一次大体验在他童年时就给予了他。我当时发誓：不去游泳。我畏惧水。水是可怕的。让生命活跃也可以让生命倾刻消亡。

以后的童年日子大多数挪到菜地里。我和哥哥和邻家的孩子们一起在大果树下，拣干草，糊泥巴灶，端来锅碗，不厌其烦地扮着过家家的游戏，我和小红一向是当夫妻的。所以，小伙伴们都称我们是两口子。称的时间长了，就有大人也学着孩子们的口气问：你什么时候娶小红作新娘呀？就红了脸。就不做这游戏了。

有一年，小红的姐姐当了新娘子，被一个大男人抱着进了一间屋。从此，在小红家，我没见过她姐。她娘说：当了新娘了，就属于别人家的人了。我记得那时，小红在偷偷抹眼睛，她说：她不当新娘。

北方的雪是极大的。西北风在冬季很狂，刮得人脸上毛喇喇的。这时最好玩的是打雪仗。关内大城市的孩子玩的打雪仗电影电视里见得多了，大多是在平坦的操场或平地上，西部的童年，打雪仗是在平平仄仄的菜地里，在荒凉的冰面上，任你跑一下打一个趔趄，摔得浑身是伤。

十几年后在山东的大学读书时，有朋友就问我：听说你们新疆的雪很大，冰层极厚，天很冷，你们咋过的。

我想了想，寒冷中东跑西颠被摔得到处乱飞的童年就撞进记忆里来了。

想象一匹马

　　我想如果有一天我爱上了绘画，我一定从徐悲鸿的奔马开始学习。这样我就可以在哪一天为自己作一幅画。那一定是在戈壁上，金色的黄沙背景和万丈光芒的太阳，一匹马，一匹从村庄里逃跑的马或者从城市，它一定走了很多路，身上汗津津地就那么茫然地望着前方，那前方是和我正面对视的方向，那双眼睛传神地表达着矛盾复杂和不屈。

　　那样的马总驻立在我回家或者离家的长长路途，那样的马总是独自一个，像个孤单的流浪者。它可能刚刚从严厉的主人手中挣脱，然后不顾一切地跑，不知道跑了多少天，饥饿干渴；它不知道自己要到哪里，只知道不能再回去了，以后的路要靠自己找。它知道戈壁深处有许多天然的马群，野马群，它们是它的亲戚，它想可以去找到它们，和传说中的它们那样自由地生活。它找了很多天也没有找到野马群的痕迹。好几次它看到远远腾起的尘沙，它有些兴奋地跑近却发现只是一些长途车经过，更多的时候戈壁里沉寂，长久地沉寂，那些传说中的骆驼也很少见。

　　它怀疑那些野马群是否还存在？

公路已经通进了整个戈壁，有树木河水的地方就有了大批的人群，城市也就在河水里在炊烟里成长起来。后来铁路也通过来了，整个寂静的戈壁已经不像戈壁了，那么野马群还能到处奔跑像传说中踏着云彩飞吗？

它这时有些怀念主人家的马厩。主人是个50岁的中年人。儿子都上了大学到关内上学了，当儿子们在家的时候他还没有钱买一匹马，很多时候是借别人家的牛耕种。后来儿子们上了大学他更没有钱买马了。他希望着儿子们上了学当了干部能有自己的车，到时候开着车来接他。可儿子们工作了以后没有回来，只是说等攒够了钱就来接他去住。他听着高兴。但时间过去很久了。儿子们的处境他一点儿也不知道。但他知道出门不会像儿子们想象的那么容易。当个干部也没自己想象的那么风光。"可能要干一辈子才能坐上轿车呢。"他这样想想也就不再焦急了。他觉着自己的日子越来越缓慢了。他知道自己能够活着看到儿子来接他的那一天。

他产生这想法是因为他看到村庄周围的那些地已经不见了，那里已经被一些写字楼代替了。邻居家的牛都换了第三代了，前面两代都死了，牛和地都活不过自己，他觉着自己是强的。他有时候感觉这戈壁太大了，自己很渺小，一阵风就能把自己吹了，可发现自己来这里住了30年，没有被吹走，而且有了自己的砖头房子，很大的院子。自己栽种的那些葡萄树年年用丰收回报着，那些苹果也一样。

他想他可能就这么住一辈子，哪儿也不去了。儿子们挣的是儿子们的，儿子们要娶媳妇，儿子们的日子有他们自己的。每个人过的肯定会不一样，而他这辈子的愿望其实已经实现了。不就想有一个自己的结实的房子，自己的大院子自己的苹果园子吗？现在都得到了还想什么呢？不想了，再想人总没有够的时候。

不过，儿子寄钱来了，说父亲早就惦记着给家里买个牲口，现在就买匹好马吧。没有地了用不了牛，马可以骑着到处逛逛。

老头就真的买了一匹马。他觉着骑在马背上他就又年轻了，就又多了许多的妄念：去城外转转，后来出了城，他看到了真正的戈壁。这么多年来他只埋头在自己的土地上，年年播种年年收获，却从来没有看看周围，现在他看到了——一望无际的戈壁滩。他牵着马往前走，或者说马牵着他走，他不知道马要带他到哪里去？

走了很久很久，天黑的时候，老人流泪了。这是个什么鬼地方呀，前不着村后不着店，死了也没人知道。他不明白当初为什么要选择到这么个偏远的地方，当初为什么就没有想到这可能断送了子孙的前程？

"我明白了为什么儿子们要离开我，为什么他们要到远处去。"

这里太遥远了。遥远其实就是流放就是背离。他们不愿意这样，他们要和人群紧紧地在一起，和那些真正的繁华。

马在那个晚上带他回到了家。马好像在完成一种责任。

这是一匹健壮的儿马。它的性情暴烈。它不愿意干很多的活，不愿意跑太远的路，它喜欢随心所欲地走走。走到哪里算哪里。

刚开始它就这样，那个老头也随着它。可后来铁路来了，游客多了，老头突然在某一天买了一架马车回来，用红红的缎子装饰一新，马没有反应过来就被拉向了马车。

它愤怒了。这都什么年代了还要要求我重复父辈的生活。它倔强地挺立着，它看着老头和叫来帮忙的人，汗水流了一身，就是原地不动。

它是马，但马的命运不只是下地干活。他可以驮着人往前走。但他不可能成为人的赚钱工具。而且那架式，好像一生的选择就要从马车开始了。

它逃走了。主人追着它，喊哑了嗓子。

它逃到了人烟稀少的大戈壁，一块仅存的没有人烟的地方。它就那么昂着头望着远方，望着野马群的出现……那是它此刻最大的梦想。

它眼前又升起了一片黄尘。那是一辆开往关内的长途车。它兴冲冲地冲着尘土去，它的身后立刻也起了一片黄尘。那时候马已经成了一匹更加健壮的马，它的鬃毛在风中在尘土中白银一样发光，它奔跑的身体行云流水，也好像带着翅膀。它现在总这样追逐长途车或者开过去的火车。在很短的时间里人们就开始议论起它——说在戈壁滩上经常可以看见一匹奔跑的爱追车的野马。

它等待着野马出现。在野马出现前，马成了一匹真正的野马。

离别和他乡

阿克苏（之一）

那个地方遥远，过去是因为空间，现在连时间也加上，它就格外遥远了。离开它整整10年，我却要在这个时候加倍想起它。不是我曾经遗忘了，有时候对我们心爱的人和事在当时找不到表达，或者找不到能力去报答，就只有等待、等待，好像等了很久，终于你可以不为自己贫困的词语而发愁了，终于你可不必为生存而奔波了，终于你不再为一些"执着"而烦恼了，你就静下来，好像一个幼兽看着幸福的母亲；或者像游手好闲者随便走走，看看那些当街摆棋的，听听那广场上唱大戏的。关键是你终于开始有这份心境容纳往事——容纳你成长中的欢乐和悲苦——那些相关的地域相关的传说相关的经历……

在南疆塔里木盆地边缘，阿克苏翻译成汉语是：白水城。我不知道那条白水是指从阿克苏贯穿而过的塔里木河，还是仅指在它境内的那条叫多浪渠的河。我看到的只有多浪河，它静静地穿过城市也从我家门前流过。它的颜色并不白，大多数情况是灰色的，用碗舀一下，碗里有一半是泥沙。

经常我在放学回来进了大院以后就先到河边站站。我能看见从城市不同地方来的许多孩子在河里游泳，他们从河里爬上来的时候每人都像穿着灰色的铠甲，这样倒让他们毫不脸红地在人群中走来走去，因为人们看不清他们。很多孩子是从对岸的市文工团游过来的，有的则从很远的没有围墙的地方游过来，我不认识他们。我认识的都是我们一个大院里的孩子，他们是向东、张勇、刘兵、东辉、华新。他们几个经常来游泳，他们的父母分别来自不同的地方：河南、湖南、湖北、山东、上海。华新所以就会自豪一些，因为就他是从大城市来的。

我们经常把这条河当作自己（父母）单位的。因为这河就在我们单位的旁边，而且我们单位专门负责对河流进行管理和测量，更重要的是，临河的这边单位还垒了围墙：原意是害怕人在晚上行路不小心掉河里去，现在成了我们大院孩子的一种自豪：这河是我们大院的，围着墙是不让外单位的人进来。

外单位的人也不必进大院来。他们只要找到河就可以游过来，游过来站在属于我们的河边却从来不迈进大院一步。这个城市大着呢。

上学的时候我就能看见一条马路，宽广得就像一条更大的河流。因为人口密度小。路就显得更宽。那些马车和牛车就悠闲地和人一起走在路上，时不时将那些秽物热气腾腾地丢在街心，等第二天干了，就让一些赶早的人用个箩筐拾了去。听说是储藏起来等着冬天当柴烧。也有的听着这事撇嘴的，撇嘴的大多是从小在城里长大的，他们永远自豪的是自己的知青身份，他们用钱买闪亮的煤块，然后让车开到自家门口，然后请街坊一起卸下来。往往是两三家合买一车煤。互相帮着搬运，那些煤末就被打成了煤砖。

那时候我们最喜欢的一件事就是打煤砖。先用一个木头模子，把搅拌好的煤添进去，然后小心地将模子抽出来，等上三五天，等煤块干了就一块一块地收回来。

那件事很累，但有些过家家玩游戏的感觉，挺好。

电影院通常只有一家，但分露天和室内。我喜欢露天场，那样你可以看见层层的人群坐在水泥长凳上，大家在月亮还没有出来时就来了，说说笑笑，那时候你才知道这城市有多少人。而且这样时候，父母常常会给我们买些零嘴，葵花籽什么的，边看边吃。而且能看见会吃的人让瓜子壳蜂窝一样地堆在嘴边却不掉下去。

我经常作梦，梦见那样的场面，和别人一起暗暗比谁能将嘴边的瓜子壳保持得长久。我们不住地往嘴里放着瓜子，不住地嚼动着，瓜子壳凭借着口水和我们脸上肌肉的平衡就是不掉下来。后来我们几乎已经不能再动嘴了，几乎连呼吸也屏住了。最后总是我的那一堆像山上的石头一样掉下来，惊出我一身冷汗。那属于童年最初的技艺比拼。

街道两边最多的是老乡们的铁匠铺和馕坑。

我总是在通过铁匠铺的时候脚步不自觉地加快，那些四溅的钢花好像一种潜在的危险，而那凶悍的铁匠舞动的大锤好像不是砸向铁而是砸向我们。那挥舞榔头的通常是师傅，而那舞动大锤的则通常是徒弟。师傅弱小佝偻，徒弟通常年轻体壮。那小榔头敲一下，那大锤跟着砸几下，节奏鲜明，不急不缓。但锤头的点总是紧紧跟随榔头的，好像要把榔头吞了，但榔头又像牵着锤头在跑，榔头急锤头就急，榔头慢锤头就慢。这一唱一和就好像一场游戏。我还是不敢在游戏跟前逗留，脚步快速地往前到了家馕坑。那里正在烤热气腾腾的馕饼、馕馒头和馕包子。酥脆而清香的味道已经把我们的鼻子好像用线牵着了。我们无意中耸起的鼻子几乎要高高地飞起来，那脸就差直接贴着那些刚出炉的美味了。

我们喜欢老乡的这些面食。我们总会在一周的时间内用各种借口让母亲给我们买一块吃吃。母亲说：那东西有什么好吃的，你们怎么就那么喜欢。母亲不知道我们喜欢所有别人家的饭。喜新厌旧是人的通病吧，从吃就能看出来。

回　家

　　车从乌鲁木齐往西行，穿过一望无垠的戈壁再经两天的风雨才到了千里之外的故乡。回乡的路除了抛却都市的喧嚣和繁华，除了抛却四天五夜列车上的颠簸，就剩一颗飞飘的心，一颗伴着忐忑不安伴着愉悦伴着浓愁的心。

　　直到眼前已真正地出现了这道荒凉的戈壁。

　　像一把利刃又一次割开我的伤口，"家乡，家乡这就是我的家乡吗?!"一次次在梦里避开戈壁的影像，一次次让绿树让城市的五彩装扮起这块土地，一次又一次安慰自己，一切都会改变，一切都会有所发展，为什么这片土地，除了一望无垠的空旷就是凄凉，这里的砂石这里的风不说话，它们哑巴了千年，它们能诉说什么呢？几千年几百年甚至几十万年前，这里除了偶尔有一些驼队、一些马车牛车、一些装载着路人的车匆匆而过，连鸟也不多。一些矮草稀疏地点缀在砾石间，偶尔一两只爬山虎在你脚下一闪即逝。那巨石堆就的如火烤如刀劈的石山闪着冷冷的光，这里有山便是一色的黑脸，像永远洗不干净。鹰成为天空中唯一的天皇，它会毫不设防地在空中巡视，对眼前的这一辆大客车，丝毫不会引起兴趣。这里的人是要去绿洲的，绿洲的人也会乘着这车出来，在这片戈壁，夜晚就只剩一些深深浅浅的车辙，还会有什么呢？他们不会和我作伴，不会注意到我孤独的飞翔。嗨，这天之骄子，把黑黑的泪从天而降，黑黑的羽毛像巨石滚落，然后会找一处藏身之处体味死亡来临。

一路上，我的眼不敢看。我怕见那碱白的土地，寸草不生。怕看见零星的野骆驼在戈壁深处悠闲地散步，怕看见熟悉的哈萨克少年手持古老的羊鞭依然唱起古老的歌谣。这些可爱的游牧民族，寻找着水草丰茂的地方，但在炎夏或寒冬，他们与毒日或残阳对视，他们晚上看不出大喜大悲，荣与辱已是风中的落叶，他们只有手中的鞭，心中的歌，以及毡包里等着他的家人。

1992 年本科毕业时

曾经有朋友问我：你们新疆人？是的。那么你们咋活的？在他的眼中，新疆人就生活在沙漠和戈壁中，或者生活在风吹草低现牛羊的草原深处。碰到这样的朋友，我只好苦笑作答。你能看出我与你的不同吗？对了。我们新疆人其实和你们内地人一样生活，靠得是柴、米、油、盐，靠得是用双手建成的绿洲、水。我生活的那个城比你的小，但它是城，城里有的这儿都有。但，这是在远离都市的大戈壁里，这就是它的不同。这也是我和你的不同。你不知道风沙是如何狠劲，不知草原有多宽广，不知刺骨的寒凉与曝晒。但你知道你见过大海我没见过。你很小就去过长城我直到上了大学才去过。你听过很多世界古今中外的奇闻轶事，懂许多知识，但我不行，我们那儿的报纸总要晚来三四天，新闻总是旧闻。

可我懂的是，父辈们是怎样从内地跋涉到这片荒漠，是怎样艰难地在当地居民间求生存。父亲告诉我，他出门时 17 岁，而当父亲送我考出那座戈壁小城时，我也 17 岁。17 岁该独立了。

　　记忆里，回乡的戈壁之路一次也没改变过；记忆里，沙风依旧横吹。可小城，那个绿洲里的城市在明显地向四周扩大，面积越大，绿色越多。我却要选择离开。父母的心是伤了，他们为我已经准备好了一切，这是他们辛苦半辈子创下的家业，我却选择了离开。我用一句话问住了母亲：你们现在不忍心我离开，你们当初为什么要离开家呢？你们不是也想换个地方，换个活法吗？

　　故乡是什么？我们有自己永远的故乡吗？我每每这样问自己，当我乘车从西部离开，当我被问起自己的故乡，当我想起白发的双亲时……

冥想：疲惫时刻的那些感动

1

"乡间的一条路。一棵树。黄昏。"这是贝克特的荒诞戏剧《等待戈多》的一个场景。

城市的雨夜，一条路，一个人。这是我的一次自画像。

好像这样的情况不是一次了，在生命的某些时候，你想一个人出门，不需要什么人同行或关照。那天你就出门了，是个下着小雨的夜晚，刚开始就只是想在雨中走走，后来感到这样很做作，很无聊，做任何事情该有个目的，就决定往电影院去，听说最近那里演一些爱情经典片。每天都有。过去去过几次。依稀记得那影院的位置就在附近。就走下去。走了一段时间了，还没见影院的影子。想，过去很快就到了的，今天怎么会？就问街头买水果的老头。说往北直走就是。就往北走。又走了好一阵。估计应该到了。就问街头的人，说你走错了，应该往东走，走到路口再往南。就又走。到了刚才那人指的路口，一打听，周围的人说没听说这里有影院——真有些活见鬼的情形。一时间感到自己走在一条不真实的大街上。但不甘心，就这么个小城，就这么个影院，明明就在这附近怎会找不到呢？就又打听。说，你往回走，再往北走两个路口就是。就按照他们讲的，往前寻。

夜越来越黑了，小雨依旧淅淅沥沥地下着。我想，这回该找到了。

到跟前了，没有什么影院。我正纳闷呢。一个摇蒲扇的老太太走过来了。我这次已经有些不相信路人了。

小伙子，你找的影院是在这个位置，但3年前它就拆了，这只是它的旧址。

那新址在哪里呢？

过了这条街，往西走两个路口，路北就是。那么我是又回去了。刚才有人给我讲的就是那个地方，就是我最初找到的那个地方，但那个地方没有电影院呀。

不会错。我从小在这长大。

我决心今夜不管走多远都要找到这个影院。

我折回身去。是的，雨夜里在最初我找到的那个地方一个不显眼的霓虹灯下面有一个影院的大门。我诧异我怎么当初就没有看见。怎么那么多人都在说另一个地方，让我南辕北辙。而且那么多人都那么热心地参与了你的寻找，几乎给了你最详细的路线。但你在越走越错，然后才找到。

你还是买了票。毕竟来了一趟，尽管时间已经很晚，电影可能已经快结束了。

摸着黑走进去。我知道电影院里通常这时候已经是座无虚席，我小心再小心，生怕碰了谁。我一路小心地摸过去，终于拣到了一个空位，我坐下来。影片却在出字幕了。再下来你可以替我想：最后定格的两个字是"剧终"。

我起身，想像其他人那样装模作样地散场。

灯亮了。我才发现我周围根本就没有人，整个影院都没有人。是观众们提前退了场，还是一晚上这部电影只迎来了我一个迟到的观众。

"希望迟迟不来，苦死了等的人。"这是《等待戈多》一剧中弗拉季米尔说的话。那么满怀了希望去找，找到了的就一定是希望吗？贝克特在他的剧中反复重复着等待的主题，而且不停地用主人公爱斯特拉冈和弗拉季米尔无聊的言行延长着等待的时间，也暗示着等待的无望。那是对"等待就是失败""等待就是人生的荒谬""人生就是无结果"的诠释吗？但那个雨夜，现在想来有些荒唐的雨夜里，生命是不是也在暗示着另一种结果：即使是希望着，同样也难逃命运的荒诞。然而毕竟那只是一场雨夜里的独行和寻找，毕竟第二天，我看到的是雨住天晴。我喜欢下雨后的晴天。但隐隐地竟想念起一生中可能不多见的那样的一次雨夜。

2

遥远的城市不知道大风的方向，那种能把大树连根拔起，那种掀动房屋的大风，城市又怎能目睹。

当把月光投向远方，我又看见了大风从沙海深处升起，一遍又一遍地向绿洲登陆，那儿的男男女女在风中起落，在风中低语，他们依旧挥动镰刀把起伏的麦子送到粮仓，依旧在每日三餐时定时将炊烟升起。

大风刮走了肥沃的土壤，大风刮落了蓬勃的生机，大风刮出了秃头土脑的山岭，大风把人的心刮凉了。可谁能想象，大风中那伏倒的麦子又重新迎着日头抬起高贵的头颅，把水分潜滋暗长于周身。大风一向是远离城市的，这头自由的困兽，不愿意在人头攒动的高楼林带中穿行，它需要更大更远的空间。它选择远方的原野选择了一望无边的戈壁和浪浪黄沙。它注定要选择一条孤独的行路。它无依于空旷。它只是看似自由地流浪，找不到回家的方向。

它累了，它靠在西部高峻的山脊上，或低矮的山谷，它突然会想起远处城市里温馨的灯光，想起青山绿水吗？

大风带来的灾难是明显的。人们纷纷从大风的城市里逃离。大风不明白这些子民们为什么开始诅咒起天气，诅咒起环境的恶劣。他们曾经不是那么勤劳而无怨地在大风里歌唱吗？

午夜，大风像一只静止的大鹰兀立在山岭上，它让智者一次又一次地把思路投向很远，关于怎样选择生存，怎样去充当人生的拐杖，怎样把失败减少到最低？

它让一次次想轻易实现的梦想撞车，撞得头破血流，让你深深体味到：高出夜晚的是青草，高出青草的是大地。让你在体味崇高和壮美时记住去保卫。

大风，逼走青春的大风，什么时候才能将十年或几十年的沧桑一次铸就，让我认清来路，让我含泪带血地走但永不懈怠，让我伴着飞翔在沙漠戈壁大草场……

3

生命中总有许多相似的经历会在某一天相遇。

1994 年的冬天，我从南方回来，我那次是想回到我西部的家，告别我的失败和沮丧。尽管我一再告诉自己，好男儿一定要做到衣锦还乡，但我害怕孤单和无助，我要回家。但当火车经过山东淄博时我下了车。在当地我找了一家报社开始了我另一轮的打工生涯。那时说服我的理由是：都说山东人好，也许我会喜欢这地方。那年冬天，我就留在了那个城市里，我想我会有自己的家，自己的梦又可以开始了。有一天，当我在夜里下楼回一个传呼的时候，我把钥匙忘在了房间里。我就等于自己把自己锁在了门外。那时候我忽然发觉我是一个城市的陌生人，一个闯入者，我竟然想不起一个可以去的地方，那些和蔼的同事们他们的家在哪里，可否帮我渡过这寒冷的冬夜呀。

那一夜，我无家可归。一个人在大雪纷飞的街头独步。我告诉自己不能停止运动，要不停地走，只有这样才能不冻僵。我开始慢慢地跑起来，身上开始有了一阵阵热气。我从街这头跑到了街那头，路灯下面，我像一个梦境中的人，一些不真实。会让一些夜归人以为是一个影子。那时候我在心里一遍一遍唱着郑智化的《水手》，似乎从那首歌里找到了一些乐趣，一些现在想来都吃惊的坚毅。我想如果我能把这歌唱100遍，天就会亮了，到那时我就可以从主任那里领到房门的另一把钥匙了。

《中国诗人的脸》中的作者肖像，摄影家宋醉发专程到济南拍摄

1999年的冬天，临近研究生考试的日子，我从远方的家中赶到济南，准备做最后的考前准备。那天，据说下了冬天济南的头一场雪。我打电话约好了同学，准备到他那里投宿。他说当我到了就给他打传呼。当我到了济南时，天已经黑了。我打传呼，打了十几个，同学没有回。我想完了，多年前无家可归的一幕难道就要上演？我赶到同学住的地方，房门紧闭，一把冷漠的铁锁好像永远要靠在那里。尽管在济南我已经不再是异乡客，但那已经是晚上，我不想再麻烦任何人，而且相信同学知道我今夜到，他一定不会让我在门外过夜。

那时，我浪漫地想，权当我是在考验友谊吧。

没想到的是，天上的雪越来越大了。刚刚地上还是一片一片枯草，忽然间就白茫茫起来。我感觉身上开始一阵阵发冷。另找个地方吧，心里话；另一个声音却是：没什么，权当在这里欣赏泉城的头一场大雪吧。操场上的孩子们刚刚还在追逐着，嬉戏着，突然间因为夜晚的来临都销声匿迹了。夜晚的情侣在操场上一圈一圈地转，因为冷的缘故很快也都回去了。冬天的操场顿时空旷了，还好一盏路灯亮亮地，照着脚下的雪，洁白还有些许的刺目。我把大衣的领口竖起，从操场的这头踱到操场的那头。一会儿地面上就留下一行清楚的痕迹。在厚厚的雪面上，在操场的空旷里，我在踏雪寻梅呢。那时我颇有些苦中作乐。那时我嘴里依稀哼唱着刘欢的那首《从头再来》。歌词记不得了，只是哼那旋律，在节拍里我一步一步在没有脚印的地方踏出脚印来。直到天上的星星模糊了我的眼，直到我想也许今夜我该离开，找一个温暖的地方。直到那片操场遍布了我的脚印。我听见了同学的呼唤。

两个相似的冬夜，无家可归的冬夜。

两个本该忘却的场景相遇在 2000 年的冬夜。因为我想起了它们。它们因为我的召唤而来。我倾听着那样的大雪飞飘，孤寂的夜色里的脚步，和一遍又一遍的歌唱。我试图找到那天我自己的感动，我想我是找到了，那两个冬夜里，我在心里都曾经这么在说：也许这就是人生的象征，更大的风雪就要来临。

因为一些偶然我们成熟了自己的思想，因为一些偶然让我们面对了一些必然。也许因了一些准备的风雪，我终于在许多个冬夜里没有留下眼泪——即使寂寞、无助或者一切失去，要从头再来……

4

在夜里我常常被自己的惊叫唤醒，那又是一场梦，定神想想那梦好像不曾离开，等你一闭眼，她就又会回来。当我把这种感受告诉我的朋友，他说他也有过同样的恶梦：梦见自己有一天突然又回到了农村，那个破旧的小草屋里，又开始了背朝天面朝土的生活，那时候就惊出一身冷汗，会大声地问，我不是已经考上大学不是已经工作了吗？我怎么又回到了从前！朋友说，当他这么追问时就陷入了梦魇，好像命运正扼住了咽喉，你怎么都无法发出声来。

那么除了这相似的恶梦，我还有什么让心灵不能平复的呢？为什么在寒夜里会发出一声声叹息。我这样问着就开始了整夜的追踪。最后我知道了，我那是在梦里寻找失落，寻找让灵魂安宁的东西。那是什么？

直到有一天，我问自己还有什么事，如果现在不做以后就会成为遗憾，就会成为梦里的叹息时，我知道了那就是我至今都无法放弃的我的文学。

我灵魂的惊吓源于那里。

我是害怕有那么一天，我准备一生经营的梦想会忽然破灭，我会输得一无所有？是怕，如果和那文学为伍便终生与清贫为伴？

但当我在一段时间放弃了她，我在一段时间远离她后，我的恶梦开始不断了。我所有的前路忽然没有了指向。我不知道今后自己怎么发展，应该做些什么？我无所适从。

正这样考虑问题时，一个年轻的朋友来访了。他问：为什么你总能信心十足地干好你的事，你能告诉我你成功的秘诀是什么呢？

我该怎样回答这个深夜的探问者呢？我记得当时慷慨陈词地说了一大堆话，其中有力的几句就是：永远不要放弃梦想。挺住现在就挺住了永远！

他连连答谢着告辞回家，说今夜他又获得了力量，可以安心睡了。

我却在那晚上有些失眠。什么是成功者？真正的成功又是什么？实在的，我也不知道。我却在那里用一个成功者的口气谈论着什么。而我每每在夜里担心的，是不是正与成功的话题有关呢？

总是在患得患失，于是我们失去了许多迈向成功的机会。也因为我们太看重了所谓的成功，到现在我们还没有找到那让灵魂平复的良方。不知今夜的你找到了吗？

5

我知道的老屋原本是母亲的记忆，我只在母亲的讲述中获得关于四川老家的一草一木。而现在我眼前的老屋活生生地静立着，陌生而熟悉。黑黑的瓦透着岁月的风寒，那支棱的檐角优雅地折向两边，黑漆的木门沉沉的铜环，以及斑斑剥剥的补钉的院墙，守卫着一些古老，一些不合时尚。最好的是家家这样的大院里总有一两棵老树，午后的阳光下面又总有华发的老者静静地不发一言地坐着，他们总要好奇地盯视每一个来到这院落的人们。他们盯着你们走进来，盯着你的衣服你的脚步却不看你的眼睛，似睡非睡，又好像漫不关心。住在这样的院落里心是安宁的。不论你多晚回来，那些老者的屋里总亮着灯光。听见你自行车的声音，他们会探出头来。多次以后，我感觉只要有这些老者的存在，再胆大的飞贼也会胆怯几分的。

老屋的老还在于那些老邻居们。他们住在这样的四合院里已经多年了。眼见着谁家的孩子已经上了大学，谁家的孩子已经成家有了孩子，谁家的姑娘好大了还没有嫁出去，谁家里来客人了，谁家昨晚上吵架了等等。家家都没有秘密，家家都在邻居的耳边生活，在邻居的眼前生活。家家都不能不摆出一份姿态，一份令人羡慕的幸福。于是，要吵架的声音压低了吵，吵着吵着就觉出脸红了就不吵了；开口要骂脏话的刚引出个调儿，就赶紧把后面的字咽进肚里；那份年轮组成的小院让这些小院的人们感到一种奇妙的缘。谁说不是呢。住了几十年，不是一家人为什么就能住在一起呢？

济南的老屋可能不同于江南的老屋，没有家家临江出门行船的景致，也没有小石板径上的苔藓和"得得"的马蹄声。但它有着家家垂柳、街街有泉的妩媚。有着母亲讲过的重庆街巷里古老的卖豆腐的梆子声，有着小贩们"磨剪子来，锵菜刀"的吆喝，有着曲曲折折让外地人如进迷宫的巷道，和孩子们追逐的嬉闹。

我还是单身的时候，或者骑车或者徒步，在这些老街老巷里来回穿行多次，每一次我总是试图从不同的巷道里通过，结果最后总能到达借宿的那家老屋。推开木门，吱呀一声，像是在向街坊们通知我回来了，院子里白发的张大娘冲着我，她的脸上挂着笑容。她不说什么，我踩着梯子上楼，我知道她并不抬眼看什么，她只是在听一些声音或者在捕捉一些难得的暖暖的阳光。

我想有一天我们会飞

我曾经做过一个梦，当我鬓发斑白有托尔斯泰的高寿时，
我自由地在天空中飞，那些白色的胡子像翅膀一样。

1

我现在是 30 岁的人了，我清楚地知道我不可能回到 17 岁，但我努力地想找到那种应该有的激情，哪怕为那些"奇形怪状"的染发族发出一两声喝彩。

我时常会问我自己，我为什么要来到这个城市？结果是长时间的沉默。我发现我已经找不到合适的语言回答。换了多年以前我会毫不犹豫地说：为了梦想，为了能够做一名真正的职业作家。但现在，我已经想不到再这样回答了。

来到这个充满了泉水的城市已经 6 年，期间好像发生了许多事情，又好像什么也没有发生。我仍旧是那个执着的甚至有些执拗的写作者，身份没有改变，我属于一个异乡人；我过去期望过当知名作家当大作家当一流的作家，现在看来是多么渺茫。当我们还在为自己是"70 年代人"而陶醉的时候，"80 年代"的那一茬已经抢先杀到了。其实我也是有些改变的，过去为

发每一篇文章而欢呼雀跃，现在已经不再激动，好像一切理所当然；过去会整日为构思一部"力求不朽"的作品苦思冥想，现在不了，那份创作的热情似乎冷却了许多，更多的时候是学会了冥想，在大量的阅读过后欣赏（人们说这是多了理智少了冲动）。

想起过去的一位作家朋友劝告我：别对自己期望太高，不要把文学看得太重了。大作家一百年可能才出一个，咱们这样的怎么也不行呀。当时听了那话以后，对那位朋友很不以为然，认为他在打击我甚至在伤害我的梦，可现在想想他在说真话。

有一位大学同窗，他曾经信誓旦旦地说：如果在两年之内他如果当不上正科级干部，他就到南方去。两年内他当上了，当上不久就请我们吃饭，他自豪地说，他现在有权利签字报销。我记得他脸上洋溢的兴奋和自豪。可几个月前他来了个电话，现在跳槽在广州一家企业，工资极高，并说："你小子当初怎么就能从这样的大城市回来，这里多好呀，我真后悔出来得晚了。"

后来他在广州开了自己的公司也就是几个月的时间。我很难想象一个人的观念会转变得如此之快。好像刚刚还活在一种体制里突然就变成了另一个体制的人。我很想问他：过去你是非国营单位不去，而且你也有前途往正处正厅发展为什么还要……

但我没有问他。世界在如此高速地变化，何况人呢？

10 年前我从南方回到北方。是这位同窗问过我：南方不好吗？为什么要回到北方？我说：太孤单。其实，那简单的几个字已经很能概括问题了：除了生活中的孤单还有心灵的孤单。那时候如果有一点能让我感到能抓住文学之梦的手我也就留下了，可那时候没有。那时候他们说：南方能挣到钱，为什么还要离开？

我那时候没有回答这个问题。对的，回来拿几百块钱而丢掉当时几千元收入的工作值得吗？当时想都没想地回答：我喜欢北方。

其实我是喜欢北方的工作，在这里我干着编辑，靠近着我喜爱的文字。

然后我就谈到了城市，我说：其实不管在哪里，属于你自己的只有那一块小城。属于你的工作你生活中熟悉的人和事。城市的繁华和富有和你无关。所以，我不想再走了。

而同窗说：城市的大小还是有区别的。大城市就是大城市。

我知道他心中的城市和我的城市已经有了差别。10 年前我回来，然后我感觉自己保住了自己的那块城市，然后让这块城市不断壮大起来。现在他找到了他认为的城市，他说看着眼前热闹而充满迷幻的城市夜景，他仿佛找到了自由。

我们的方向交错了 10 年。以后也许还要错下去。

2

诗人马非在一首叫《彼岸》的诗中描写到了一群伙伴怀着好奇要游到彼岸去，彼岸除了一片荒凉就是中途差点溺水给他们留下的恐慌。这是首有寓意的诗：多少有些宿命的思想。如果彼岸算是一生中所有人都将拥有的一份渴望，那么马非给我们的是一副残酷的图景。这不能不让我们经常思考生与死的问题，概括而言就是"此生和彼生"，我不禁要惊叹于古人的用词了：此生可以说现世，也可以说这个年轻人，这个学生等等；彼生可说是身后事，意味着死亡，也可以理解为那个年轻人，那个学生等等。

其实，在无意中，古人似乎已经形象地告诉我们，其实此生就如同彼生。现世的生活和死亡以后大同小异，只不过是一个人变成了另一个人。其中蕴含着旷达的人生态度和死生观。

学生们学习张华时，我组织了一个讨论：大学生救一位落粪池的老农而献出生命值与不值？一位同学举了一个例子，她说：你们大家到集市上去买苹果，请问你是想花同样的钱去买好苹果还是烂苹果？在大家一致回答当然买好苹果的情况下，她话锋一转说：张华一个年轻的大学生就如同新鲜的苹果，而那老农民就如同烂苹果。你们说张华死得值不值。用新鲜苹果去换烂苹果谁会这样做？

我发现当时班里其他同学都愣了，一时间竟然没有多少人能出来反驳。

是的，谁会用年轻的生命去兑换苍老和死亡？

然而，这样的思考却只能局限在个体生命中。我们不愿意让自己的青春虚度不愿意让自己的生活荒芜。

然而，这样的思考却不能放在一个道德的规范中。面对此生，所有的生命都是平等的，所有的生命无论贵贱病还是衰老。这时一个生命搭救另一个生命那是这世界的需要，是道德的需要，是善的需要，是这个世界之所以得到延续的需要。而不幸如果发生，那付出的代价是不能像苹果一样论价的，因为那属于一种可以传承的精神，精神无价！

我假想着所有的学生都同意了我的观点我就满足了。

我知道许多的诱惑和许多的信息让现在的人们不断地更新着他们的价值观道德观。可我固执地坚持着一点：善和爱是人类道德的至高点，也是人类道德的底线。如果没有了这两样，这将是个毫无魅力的人间。

3

时常遇到这样的事情，一次规模较大的评奖因为你不知道而错过了。具体到单位，因为名额有限，再加上你不在场，你错过了一次调工资或评职称的机会。这些机会在你看来是极其有用的。因为直接就意味着给你带来一笔不小的经济收入。你由此知道了一对概念——"在场"和"不在场"。

"在场"意味着你参与了，你让大家了解了你。你对要举行的活动是支持和关注的。这如同一次劳模选举，谁也不会选那些不关心劳模选举会议的人。所谓关心就是经常来参加会议，就是经常要和领导问寒问暖，经常和那些工作人员往来亲近，要么就通过各种途径介绍你自己的事迹让更多的人知道。所谓打知名度。

所以，当看到那些各个网站出现的所谓"中国网络诗人 100 家大展"时，你如果不经常上网，你就属于不在场，因此你的诗歌再好也不属于此列。后来又有各种媒体和网络推出的"中国先锋诗人大展"，依然没有你的，也不要惊慌，因为你不知道这回事，因为这些先锋诗人需要将诗歌交给某组委会然后通过层层选拔，如同现在的公务员选拔一样严格。如果你再看到世界或者中国等等名目的名单，你都可以不看了，因为你到现在也没有和任何一家联系，也不曾主动加入这些名目的活动。

别人会说：你怎么没有参加，你不参加希望别人选你，那是有病。

话很明白：在场和不在场就是不一样。

然而也有不在场而得到公众荣誉的。我想到了那些我从不曾谋面的人。我曾经不止一次地朗读和讲解他们的诗歌或者小说，每一次都赢得了众人的喝彩，每一次听众都因为他们的作品而升起对他们的敬服。他们是那些凭借着作品说话的人，他们好多已经不在人世，但他们的作品替他们翻越历史的长途和迷雾，传扬着他们——确切着说他们因为他们作品的人物而得到了永生。

他们属于不在场的英雄。

再年轻 10 岁我可能会大声说：我要做这样的英雄。

现在我只是在心里低低地说：如果我哪天不在场了，我哪怕有一点好处让众人说起我也就知足了。那一点好处必定是从我那些拙劣的文字里茁壮出的一棵。

4

网络是一个新词，它几乎在一夜间风靡。过去大家见面说：吃了吗？

现在打招呼的话是：昨天上网了吗？

而且任何一项能引起公众注意力的事件，大家总能从网上清楚地看到各种反应。网络还不止这些，那些沉醉于网络的普通人最关心的是聊天室，因为他们因此可以不出门结交五湖四海的朋友，可以和那些不曾谋面的人大开玩笑，玩一些无厘头的游戏，可以让在现世里失落的心在网上找到自信。原本就让单元房间隔离的邻里更是不相往来了。

我曾经热衷于网上的各种诗歌网站。因为这里你每天都能看到来自四面八方的那些诗人们贴的新诗。你可以看到一些好诗，更多的时候你发现许多人在大量地复制或吐口水。他们把那些东西也叫做诗歌。一旦你对这样的诗歌说个不字，马上会有一帮人对你围追堵截，谩骂和诅咒比写诗的产量不差。这样的诗歌常常会自立山头，树起一面旗帜。看似先锋看似无功利却充满了在网上的功名心——成为一代网络名家。

因此这样的网站举着要树立自己风格的招牌，其实是在拉帮结派，其实是要为自己在诗坛争得他们认为存在的席位。对一切不符合他们创作理念的诗歌全盘否定，甚至一概论为传统诗歌。好像一旦诗歌和传统结缘那就离死亡不远。就他们代表着新生和前沿。

我曾经想纯粹一些，不再往传统媒体投稿，因为投稿本身就是追求功利的表现，那样必然会使自己的创作受到来自各个刊物口味的约束和影响，必然会做些迎合之事。于是就爱上了网络中的文学阵地，就把自己自认为好的东西不断地贴上去，反应真的很快。每天都会有人在第一时间对你的作品说三道四。然后你发现看你作品的人慢慢成了朋友，慢慢你的作品一出现就会有他们来到。这是一种满足，有时候写作好像就是为了给这些朋友们看的。而弊端也就出来了，当网络上的读者成了朋友时，捧场的叫好的嫌疑就很大，真正阅读和认真评点的人越来越少了。最后你发现这几乎成了网络文学的通病：叫好的多，目的是交朋友；真正切磋技艺的少之又少。因此有些网站几乎成了某几个诗人自吹自擂的舞台也成了朋友们互相吹捧的场所。习气看透了，再往上面贴作品的欲望也就没有了。

写作本来就是寂寞的事业，来不得半点懒惰。掌声和鼓励不能少但不能因为那些吹捧而忘乎所以。我让自己冷寂一些，不再上网。不上网并不代表我不再写作。我知道我将会写得更多更踏实。因为写作是心灵的事业，他需要宁静致远的心情。

这样我给网络送上了我的一个印象：浮躁。我希望自己不浮躁。

这样我发觉过去没有看完的许多书可以抽空看了，发觉上网的确占有了许多读书的时光。这是网络带给时间的灾难。从这点看出，网络在用它的魅力诱惑着众人，其实是夺走了众人的时光。

著名诗人北岛写过一首诗：《生活》，全文只有一个字"网"。本来是象征生活本身的复杂和勾连。但网络出现后，我才发现网络是生活最具体和形象的表现。通过网络所有的人都在明白无误地表现出自己的复杂。所有白天无法实现的梦在网上都可以换个网名开始实现。

我猜想，网络文学在网上火热地繁荣恐怕和白日梦有关。但无论怎样，让一个人在网上做一个在现世中无法实现的作家梦总比做坏人好。

文学毕竟培养的好人要多些。

想起有位朋友说他的写作只有在网络上才感到了无功利。现在想来，功利心也分虚拟和真实，网上和现世。

5

当一个作家转行做了教师的时候，如果碰巧有人读过他的作品也知道他的大名是件极尴尬的事情。我不知道大多数作家遇到下面的事情会不会尴尬，我只知道我的一位作家朋友很尴尬地讲了一个故事。

当他转行到一所大学教书的时候，有同事在图书馆看到了他发表的作品，开始那位同事是不相信的，后来看到文后的简介证实是那位朋友，就来向他表示祝贺，并热情地询问他创作的情况。

"你创作几年了?"

"估计有 10 年了吧。"

"你发表了多少作品?"

"有几百万字吧。"

"你一定挣了不少稿费吧，一定出了书了吧。你说说你挣了多少钱。"

朋友脸一红，嗫嚅不语。

"知识分子谈钱难为情吧。那你告诉我你出一本书赚多少钱?"

"我出的书从来就不赚钱……只有那些稿子可以赚钱。"

"一篇稿子能赚多少?"这位不失趣的人一定要打破砂锅问到底。

"最初几年是 20—30 元，后来是千字 80—100 元。"

"啊吆——你可是把钱赚美了。一篇文章 80 元，你写 1000 篇就是将近 10 万元呢，你们搞文字的就是厉害。而且听说搞电视剧一个长篇电视剧就能挣几十万。"

"我搞不了，一直也就发不了财。"

"你是谦虚。我知道现在没有不赚钱的作家。有本事的都写电视剧挣大钱了。我认识的几个都有好几套洋房呢。原来我就不相信这世道还会有人放弃作家那么好的职业来当穷教师，现在我知道了，你是挣够钱了来我们学校体验生活呢。"

朋友再怎么解释那人也听不进去了。

他不相信现在的作家还有不赚钱的。你看报纸上说的那些美女作家哪一个不是赚足了钱的主呀。那么既然不赚钱你还当哪门子作家呢？你还在杂志发表什么作品呢？

朋友以后还是不断地在杂志发表着作品。那同事还和其他同事经常拿着他发表的作品来找他让他请客。

他几次想告诉同事那个 2 万字的小中篇不过 600 元的稿费，但终于没说。作家已经成了那些人心中大款的代名词了。

我说：你也不必那么沮丧，你也可以拿出一些精力搞几部能赚钱的肥皂剧来呀，或是写写有市场的言情小说嘛。

朋友说：人有所为有所不为。他觉着自己如果去写电视剧是在糟蹋自己喜爱的文学。在众人眼中电视剧就是文学的时候，我的朋友一定显得有些另类。

到现在朋友也没有发财。他每年都告诉我他在全国一些重要的报刊发表了几十万字的文章。说的时候很平静。我那时则很高兴地说：我都看到了，我真佩服你。当别人在佩服发了大财的人时，我在佩服一个靠写作一名不文的朋友，我是不是也挺异类？

其实我想说：我佩服那些真的为人类的精神守夜的人，他们守住了清贫的思想也守住了诱惑的攻击，这样的精神最终会因为纯净和高洁而获得胜利，而我也将永远用感佩的目光向他们靠近，只向他们！

6

很多时候我是快乐的。

而这时候总会有人很吃惊地说：我怎么看你那么高兴，听说你经历很坎坷呀。那时候，我总是不厌其烦地告诉他们：我喜欢文学，因为喜欢所以选择现在的生存。"多有时间呀，这样我就可以读好书多写作了。"我说。

问我话的人就颇有些佩服地点点头，我就以为我让别人理解了，我因此很高兴。

那人会忽然又转过身来问：你不觉着有了时间没了金钱吗？你过去的职业可是能捞到很多东西的。说的时候他很神秘好像很了解记者那份职业。

我觉着我下面要对他解释的话好像已经对很多人说过了，都有些标语口号的感觉了，所以我说出来以后就有些后悔，我感觉我再那样说下去就显得很造作了。我何必让所有的人都理解我呢？我何必要用一些理由说服别人呢？

我常说的理由是：人应该为自己活着，为自己的梦想——干那些自己感觉值得去干的事情。说的次数多了，我自己竟然有些厌恶自己了：到现在为止，我的确是在做自己喜欢做的事情，但我做成的有几件呢？

有同窗好友用恨铁不成钢的口吻说：知道你现在还在坚持那个诱惑了一代青年人的文学梦，我感到惊讶和诧异。你已经不年轻了，应该看到现在这个时代不是一个能让文学繁荣的年代了，你已经错过了20世纪80年代那种一部小说就能一夜成名的时光。你应该调整一下，让自己活得轻松一些。

经常有人这么提醒你的时候，你不得不考虑自己是不是错了？

还有什么事情足以让你花10年时间去琢磨并且至今执迷不悟？我开始问自己了。这样我开始为自己找一些更坚固的理由，于是我看到海明威说：如果一个人爱上了写作只有死亡能阻止他。于是我看到陀斯妥耶夫斯基说：他怀着善终将获胜的信念，无畏地展望未来。从这些大师的身上我好像看到了自己应该追寻的品质我因此也看到了自己的不平坦。

"你好像堂吉诃德在中国的版图上东西南北地跳，你究竟想干什么？"

"你几年换了那么多单位你究竟想干什么？"

当朋友们当同事们这样问的时候，他们紧皱的眉好像认定了我是个倒霉蛋，认定了我一生是坎坷的。

晚上我静静坐在书房。那时深秋的风细细地吹来。我想起多年前我发表的一个小说《风的方向》，小说的主人公走在异乡的夜色里，看着嘹亮的城市却不知道该走向哪里？那是年少的我的缩影。我没有想到多年过去，在周围人的眼睛里好像我永远就是小说中那个找不到北的浪子。他们习惯了在一个地方一个岗位上的生活，他们很不习惯一个在他们眼前跳来跳去的人，这样我就明白了，那些加到我身上的"坎坷"究竟是什么——就是我换来换去的工作，就是我从西到东从南到北的游历。

在他们眼中一个出类拔萃的人一个正常人应该找到舒适的固定不变的工作，而一个人的波动只能说明这个人"混不下去"，他要么是能力要么是人品出现了问题。故此，我这个人是复杂的是坎坷的——你们看他到现在还没有固定的职业。或者说：你看他虽然是大学老师是固定职业了，可他换了多少单位，不行了才当老师了——多么没有出息呀。

当他们这样认为时我所有兴致勃勃的解释都是热脸碰到了冷屁股。我想起一个作家说的话：我们有俗人理解不了的幸福。这样想的时候，我好像又快乐起来。所以，当不久前听一位酒会上的文友告诉我，他们在另一个场合听说了有关我坎坷经历的最新版本：你们知道马知遥为什么辞职吗？别听他说他为了有时间创作完成他的什么作家梦。他可没有那么纯粹。你们知道他辞职的真正原因吗？

我能想象描述者当时的神秘和听者瞪大眼睛张大嘴巴的好奇。

我听到了关于我近年来最有色彩的一段传奇：他是和他们编辑部的女主任发生了那个关系，呆不下去才辞职的。那位描述者据说当时张开着手掌，五指张开合住、张开合住地描绘着"那个关系","在场的人都若有所思，好像这样才符合你辞职的真正理由"，文友是带着笑讲给我这段故事的。

我笑了，许久以来我没有这么开心地笑过。我笑自己也能有这么艳丽的绯闻，这让我平静的生活色彩斑斓；另外，我笑那位描述我的人曾一直是我心目中憨厚的大哥，他怎么也那么快地步入了"猎奇"的角色。

这样我好像真正懂得了在众人眼中的"坎坷"的真正含义。

但很多时候我学会着快乐。我真的就很快乐了。

7

"70年代"，这是一个前几年还代表着新锐的年代，但很快就开始已经衰老和迟暮了。因为评论家已经急不可待地捧出了他们热爱的"80年代""90年代"。他们惊呼这些还是孩子的作家们竟然已经了有了惊人的写作能力——确切说技艺。他们热爱他们作品中透露出的远离他们生命的新鲜的东西。而我赶上了出生却没有赶上命名。因此当"70年代"大行文坛的时候，我因为看到了自己越来越远离文学的危机而埋头学外语呢。因为那样我就可以进校园重新补充营养。我忽略了一点，当时我最需要补充的是知名度而不是那些图书馆里的书本，我最需要表现的是那些年我风尘仆仆和魂不守舍的狼狈。可我在"70年代"的同龄人粉墨登台时做了一个心甘情愿的隐士。

然后是网络铺天盖地的袭来，当从网上看到那么多充满了天才的写作者时，我本来葆有的自信突然干瘪下来。

我得承认这样的事实：写作不论年龄不论经验，有时候天赋就足以让我充满十二分的嫉妒。尤其听说谁还是个十几岁二十几岁的小子就出了什么长篇时，我真的有些望尘莫及。

"你去看看网上现在正火的一个小孩子，他写了一个连载，关于重庆故事的，他叫慕容什么雪。你看看人家的东西，你别让自己的东西太严肃了，多些小资只要大家爱看就行。现在这个世道只要书买出去了就是英雄。"老同学抽着烟，有些苦口婆心的样子。我明显地感到自己的脸红了。

同学的话的弦外之音是：我们就不爱看你写的东西，你的东西连个小孩都不如呢。

同学们都是大学毕业的，我始终想不明白，他们不读马尔克斯不读福克纳只喜欢那些好看的都市爱情。我想我是不是真的应该去看看那些被爆炒的年轻写手们。是不是真的合了一句话：这个时代谁都不能小瞧，说不定哪天那人就能一鸣惊人。

经典的标准开始动摇了吗？

如果是那样，新的经典是不是正在诞生？

我不知道，现在我真的不知道了。

可我知道我还要写，还要不断地问自己问这个眼前的城市。我有许多的问题因为时间而变得如此的迫切，而且许多过去以为解决的问题好像又开始了新一轮的疑问。这是这个世纪所特有的，因为那些高速发展的世界因为这高速变化的人生。"不是我不明白，这世界变化快"，不是我不明白是因为面对这城市时的迷茫和无奈。

因为迷茫因为无奈我决定继续写作，继续我漫长的人间生活，为了能够明白自己的这个世界这个人生。我曾经做过一个梦，当我鬓发斑白有托尔斯泰那样的高寿时，我自由地在天空中飞，那些白色的胡子像翅膀一样。而现在我必须像一个四足动物忠实地亲近这个土地，用所有的心力靠近她聆听她疑问她。

2002 年 10 月于泉城

命运：那些若有若无的琴音

"我已离去，而鸟儿留下，唱着歌儿。"

——吉梅奈斯诗歌《最后的旅程》

1

史铁生在小说《命若琴弦》中写道："若不是想着他的徒弟，老瞎子就回不到野羊坳。那张他保存了50年的药方原来是一张无字的白纸。他不信，请了多少个识字而又诚实的人帮他看，人人都说那果真就是一张无字的白纸。老瞎子在药铺前的台阶上坐了一会儿，他以为是一会儿，其实已经几天几夜，骨头一样的眼珠在询问苍天，脸色也变成骨头一样的苍白。"

读到这里我的心有些颤抖。

一个瞎子说书人，他之所以能够克服了许多困难活下去，原因是他的师傅告诉他：只有弹断1000根琴弦后他才能看藏在琴盒里的一张纸，那纸上写着治好眼睛的秘方。当他弹断1000根时，他没有想到会是前文所叙的结局。他一下子垮了。支撑他活下去的信念垮了，他的生命也到了尽头。因为心弦断了。

我们的生活其实就像那个瞎子艺人，一生就在追求着我们心中的一个梦想，那个梦想几乎成了我们的一根心弦，就那么紧紧地绷着。因为它，我们努力地学习着实践着，不断进取着，克服着忍耐着虽败犹荣着。而幸运的是，我们从许多成功者的身上看到了这样的信息，那就是只要我们努力了坚持不懈，早晚会实现我们的梦想。而不会像那个可怜的瞎子临终也不能实现自己的复明之梦。作者史铁生多少透露出了一些宿命思想：好像理想就是一张遥遥无期的诱惑，等到真要实现时才发现一名不文。

可我们也发现，那个瞎子其实活得已经够本儿：即便他没有得到那个并不存在的秘方使自己的眼睛复明，可他依然获得了一个明白而珍贵的道理：人活着就是要绷紧自己的弦，在不断的挫折里活下去，带着希望活下去。他活了七十多岁，掌握着让远乡近邻羡慕的技艺，他活在生动的世界里，这已足够。

我们常常羡慕着周围人的成功，常常可怜着那些努力不懈而终无所成的人。其实真正的成功又是什么？失败又是什么？

前一阵，刚刚出生的女儿笑笑出新生儿黄疸，住进了医院。我们临床的老太太是来伺候她女儿的。聊着天，老太太高兴地告诉我们：一双儿女都有工作，工资都不低，他们老俩口不用为他们操心了，现在退休金全来买自己喜欢吃的穿的。老太太的眼睛里透着幸福和满足。

老太太的儿子初中毕业后上了铁路司机学校，出来后当了一名火车司机，她的女儿从技校学了电脑打字，现在受聘在一家企业。

老太太说儿子和女儿真争气，而且儿子和女儿今年都生了个儿子。

老太太等着我说她家是双喜临门。我知道大家都爱这么说，对方也都爱听。

我就说了。老太太果然很高兴。

老太太接着说他儿子和闺女上学很好，后来都上了技校。她在告诉之余说："现在没有文凭就得下岗，多亏他们都上了学。"

老太太好像记起什么问："你们在哪里上班？"

我们很含糊地应答着。我知道老太太正沉浸在她认为的幸福和成功里。那是她一辈子的成就。我不能让她感到落差。

我不能说我和爱人大学毕业。我不能说我的母亲一个和她一样的老太太，养了三个大学生。我不能说我和妹妹今年都有了孩子。这是属于我母亲的成就也是挂在她心上的幸福。只是母亲很少对别人去说。

我只是在没有别人的时候对母亲说：那个老太太刚才说着她的大喜事情呢。母亲说她听见了。母亲然后说："每个母亲眼中的儿女都是最好的。"

以后几天，那位老太太又在对我母亲说着她的那些幸福和成就，母亲高兴地附和着。当我对那位老太太的行为感到有些好笑的时候，母亲正对她说：无病无灾，不给儿女们添乱是咱们最大的福呀。两个老太太当时都看着怀里的孙子，两个老太太在那一刻是如此地相像。包括她们嘴角的淡淡笑意。

2

法国作家加缪在他的作品中曾经也塑造了这样一个人物：当他被当局抓进了监狱后，为了度过长长的牢狱生涯，为了使自己不至于精神崩溃，那人自造了一架无声的钢琴，琴键是木头的。他在接踵而来的灾难中，在衣衫零落的人中间弹奏着只有他一人听得见的音乐。

当读到这样的人物，我明白了一些伟大的作品得以流传的原因，我似乎也明白了为什么经过那么多岁月的流逝，文学依然可以在人们的心里常青。

因为文学用自己的方式为整个人类的伟大做着见证。

我渐渐感到那个耀眼的文学梦，那个牵引着我不断前行的路越来越遥远了。原来我以为只有我能够坚持走到最后，后来我发现这条路上有着那么多不顾死活义无反顾的人们，他们有着比我更大的力量。我原来以为 10 年对于一个人的文学梦应该多少有些回报，而当得到了那些回报后发现其实离开自己的意愿还很遥远，突然才觉着真的不好玩了。因为我只走在这一条路上，因此就忽视了其他的风景，也因此失去了极多的机会。自己的潜能因为局限而有些扭曲。

于是开始想，如果 10 年前我不是选择文学，而是唱歌，我会不会……如果 10 年前我走从政之路现在会不会……如果当一名演员、如果……当一个人对自己的现状产生怀疑后，就会在思维方式上出现短暂的错觉，好像自己干别的兴许就能成。其实一些选择和结果从一开始就摆在那里。没有谁能代替你，作出那样选择的人和实践它们的人，自始自终都是我们自己。我们因为怀疑现在而开始了妄想——狂妄的想。

其实当我们做不好现在这些事，又怎么敢说能做好其他呢？况且一个人能 10 年不变地爱着一件事，就这个举动已经不容易，就冲这份不容易，成功也要来到你的身边。只是许多人就差那么几步而放弃了。坚持的人则看到了这一点，他们面对诱惑坚决走了一辈子，然后就再也不会后悔。

海明威说：一个人可以被消灭却绝不能被打垮。这是个真理。

当一个人心中怀着梦，再大的磨难也不会摧垮他。

就像那样的人，弹着木制的琴键，弹着只有他自己能听见的音乐。在喧嚣的人群里在孤独的日子里，在冷落的时刻。我需要这样的琴弦，默默地谈给自己听，我因此感到自己的强大和温暖，并感受到了来自那些强大心灵的慰藉。

三十而立，我并没有交付出一部自己满意的作品，我甚至有了从不曾有过的自卑和怯懦，但无论怎样，我必须坚持地走下去，因为我越来越感到自己这么多年没有改变那份淳朴那份真诚以及一点点善良，全因为我始终和文学为伴的缘故，我因此深爱上了她，这辈子也不能再分开了。我宁可在注定不会有掌声和辉煌的前途上行走，宁可用自己无声的琴弦弹奏……抛开那些嘲笑和耻辱，我将弹自己的歌。

在这条路上走的人那么多，谁说非得我出名我成功呢。我就当个痴情的票友，在千万个创作者里挥汗如雨，在他们获得成功的时候，心里稍稍吃点醋，但很快就过去了，因为总得要有几个出头的吧，不然这事干着没劲，没有任何挑战性了。

我因此不会在乎校友和一些同事们的问候：你的书出来没有？那些明显带着一些嘲弄的问候。

我知道一本好书的出现必将诞生在我的长途，但我需要时间和加倍的努力。我知道像二十郎当岁时，那些充满了无穷精力的岁月已经不可能再回来，而现在经常性的筋疲力尽在磨损着你的灵感和理性之光。这注定了你要么做一个大器晚成者，要么做一个一事无成者。

因为让精力和智慧都恰如其分地饱满，那就意味着无穷的创造力，而那属于早慧的天才和少有的幸运儿。已经不属于我。

我等着属于我的那一项。用我痴情用我的坚韧和我不懈的努力……

3

梭罗说："我到瓦尔登湖，去的目的并不是去节俭地生活，也不是去挥霍，而是去经营一些私事，为的是在那儿尽量少些麻烦；免得我因为缺乏小小的常识，事业又小，又不懂得生意经，做出奇傻甚至凄惨的事情来。"

梭罗说："我宁可坐在一只大南瓜上，由我一个人占有它，不愿意挤在天鹅绒的垫子上。我宁可坐一辆牛车，自由自在来去，不愿意坐什么花哨的游览车去天堂，一路上呼吸着污浊的空气。"

梭罗也谈到了时间："时间只是我垂钓溪，我喝了溪水，喝水时候我看到它那沙底，它多么浅。它汩汩的流水逝去了，可是永恒留了下来。我愿饮得更深……"

三段话梭罗其实是在说他的生活选择、他的价值观、对命运的感受。

这让我想起我的老乡、农民作家刘亮程，他就经常有事没事地在他的村庄里，扛着一把铁锨随意地安排着自己的一天，他敏感地注意着这个村庄的变化——一些树木的死去、一些房屋的倒塌、一匹马的走失、一条老狗的一生，他把自己融进了一个广阔的原野，融进了动物，融进了天地间，他因此自由自在。那个村庄就是梭罗的"南瓜"就是梭罗的瓦尔登湖，那些不安的时间好像他们要垂钓的鱼，所有从他们眼前经过的都将留下他们的智慧，他们让时间充满了光彩。

在我们这个时代，那么多五颜六色的诱惑让人们不小心就会染满红尘。无数怀着梦想的人们浮浮沉沉，直到所有的棱角磨平，直到小腹开始发福，直到脚步开始沉重，他们就心安理得地坐在城市的某个角落，等着时间将他们带走。

那时候阳光照在墙根，他们有些头晕眼花，身上倒是暖融融的。那时候流年的岁月能给他们留下什么样的记忆？是委屈是遗憾还是美好？

我羡慕梭罗和刘亮程，他们依靠了乡村。"乡村"这是一个多么不合时宜的词，和现代生活遥遥相望。那意味着一些和"文明"的距离，当然是文人们认为的所谓的距离：生活不方便，他们希望出门就能买到吃的；他们希望那里有液化气，不用搬用柴禾；他们希望有大酒店，可以经常性地和一些所谓朋友接触；他们还希望有豪华的街道和摩天大楼，那里让他们感受到喧闹和一点内心的繁华。

这时候，有人竟敢和这些大家几辈子向往的城市生活挑战，宁愿生活到乡村去，宁愿过一种平静的乡村生活，实在让他们想不通了，甚至感到那是一种迂腐。

然而看到他们的文字时，你又怎么敢用迂腐来评价。

那些朴实无华的乡村透露着无边无际的学问，那里自然弥漫的乡村哲学又怎么能简单地用"高深"两字概括。

那是一个真正亲近原野亲近野地的心灵的呼吸，是可以触摸的呼吸。

从这点看来，生活中一些所谓的名作家们鼓吹着要回归自然，做自然之子，那话就显得多么苍白。他们住在优越的环境里，享受着城市的文明，却一遍一遍地在文字中做痛苦状，好像城市欠了他的，大谈着城市生活给他带来的痛。大谈着他向往的乡村。其实他是在伪装自己。在众人安享居住在城市的种种便利的时候，他偏作出一副另类的样子。但这种另类比起梭罗和刘亮程的身体力行差得太远，造作和矫情得很。在山东这样的作家太多了。

我承认我过不了乡村生活，因为没有能力独自在乡村将自己打点得有条不紊。我甚至认不得五谷，我这样的人如果做了农民肯定就要饿死了。说不定还会让村里人看了恶心死。所以我心甘情愿地做一个城市人，怀着欣赏的心看着刘亮程和梭罗们，看着他们怎么从乡村打捞智慧。而我愿意让自己在城市里得到净化，尽可能活得高尚。我不会的我尽可能学，我用自己擅长的去补那些拙笨的，那样我就不至于让人们笑话我白活了。

我至今认为我不是一个白活了的人。我一直在辛勤地劳动。只不过我不是用铁锨，而是用我的笔。我到现在收成极少，这和我的天赋和视线有关。我相信我的地是比较肥沃的，关键是哪天我能找到一扇门，那扇门是通向

"高产粮"的路，我将因此开始富足。

4

一位印第安人对人类学家卡斯塔尼达说：一个充满感情的人在这世上会拥有他视为珍贵的事物——即使没有别的，也有他脚下走过的土地。这是一句普通的话，读到这话的时候是一个夜深人静的夜晚，那时候我正处在人生的重要选择关头。我说这句话的时候自己有些无奈，感觉自己经过的"紧要关头"太多了。而我是不是有意无意地给自己设置了太多的紧要关头呢？我在10年前就决定了自己今后的职业选择是当一名作家，于是我辞职然后开始了游历。后来感觉要上学要补充自己，就又开始学习英语。我知道有一天我会无所挂碍地写我喜欢写的人和事。而这样时候常常不能长久，我总是会在突然的时刻为自己的前途发愁：我不知道我这样下去会不会成功？不知道写作会不会将我送上一个死胡同？因为这样的忧虑，我常常进入烦乱的冥想，结果许多事情也都错了——患得患失，是的我在不断地患得患失中错过最好的时光。

目前我在考虑的是：该不该继续花大功夫学习英语，该不该拿下博士学位再求发展。博士几乎成了整天缠绕我的一个大问题。那的确是个诱惑，一个一劳永逸的差事。可我怕从此我会在更高的地方争名夺利，而荒废了我那所谓的文学。

我怕因为一再地追逐最终会让我在学历的漂染中丧失作家应有的敏锐和立场，也怕因为学术的竞争真的让我最终在创作上一无是处。

毕飞宇说：在一条道上走到黑，挺好！他说这话的时候是2年前，那时候我29岁，正在为考研废寝忘食。他说的道是文学创作的道路。他说"我到现在还只是初级职称呢，我不在乎这些，这些和我的创作没有关系。"他说那话的时候应该是 35 岁左右吧。

其实飞宇兄在那时候是在提示我：干我们这一行就要有韧性，要耐得住。里面有了很多的含义：拒绝那些不属于文学的诱惑，所谓的那些职称和你文学创作的水平根本无关，而一个写作者更多的应该是用作品说话。那时候他已经获得了中国文学界屈指可数的几个最高奖项，他实际是在用自己的作品对外发言。

他的创作真的是心无挂碍。在旁人眼中他可以挂碍的东西太多了，然而对于一个真正的写作者，他达到了心灵的自由。

我在这样一个无雪的冬天里突然想起毕飞宇说的话，我发觉有时候一些话语一些人和事是需要时间整理的。而这样的时候我终于有了，它正是我一直追寻的，也许不会长久但至少我已经做到了。

5

"年轻人能够觉察到那是自己的决定，并且负起责任，他会高兴地拿走食物，不仅只感到满意而已，说不定甚至能够了解，那些食物其实也是力量。"印第安巫师唐望这么说。

我确信这句话是正确的。当一个决定作出后，如果是自己决定的，那么以后所有的一切决定或者挫折都可能是一种力量，他们是你选择的馈赠。

我们有时候会觉着自己很委屈，自己做出了努力、作出了决定就该永不回头就该义无反顾，但多次的失意和沮丧又怎么能鼓起一个人希望的风帆？我们开始怨天尤人，开始嫉妒别人的成功，开始失去生活的乐趣甚至生的热望，那一切恐怕是因为我们在逃避责任——逃避我们自己选择的命运。

而这一切抱怨的根源其实在我们自己——一棵树之所以一直生长着，直到老了枯萎了，是因为那些雷雨风暴她都在默默忍受，而且她认定了自己的角色：默默忍受这一切。这样才称得起是一棵树。而我们太看重自己了，认为自己很重要，那是因为我们没有树的智慧，我们因此没有学会趋利避害，没有学会珍惜眼前的每一次，没有把每一次的风暴都看成命运给我们的食物，坦然地接受，然后把那也作为一种力量吸收。

另外，我们还没有活够，因为年轻。所以我们不能等待着一些事物，而是要去完成一件又一件，我们的生命因此开始匆忙，这没有什么错；我们还不能活得从容，那是因为我们还需要从生活里获得更多的智慧。

因此，我不羡慕那些安祥的老人，他们用自己脸上纵横的褶皱告诉着世界那些沧桑和那份自足，他们得到了他们已经得到的，他们现在无须匆忙而只有等待或者观察。他们知道死亡就在那里不远处看着他们，因此他们就淡然地面对着迎面而来的一切。像那些事物已经和他们无关了一样，他们的眼睛里写满着过去的回忆，而现在只是一种回忆的背景。

那时候你看见那些苍老的身影习惯于在暗处，他们常常一坐就是很长时间，直到被黑暗完全吞没，他们静止的如此彻底，仿佛已经不再存在。

他们到了那样的无我之境。他们面对着的世界和我们已经不同，或者让我们如此陌生。

而我们只是时间还没有到罢了。我们需要负责的是现在的时间和世界。因此我可以表现得像戈壁上的爬虫那样警觉和辛苦，我可以用天空和大地做一番翻天覆地的想象。因为我有这样的时间和精力。

但我更知道，我要考虑再考虑，当我要将一腔热气释放的时候，我要做的那事是什么？明白做的理由。然后才能更加决绝。

6

"是谁让你认为这个世界只能像你所想象的？是谁给你那样的权威说这

种话?"这样的话平时听见的不多,但这好像禅宗中的"当头棒喝"。智者告诉我:你称之为风的根本就不是风,而是一种本身有自己意志的东西,能认出我们来。智者说:相信这世界只是如我们想象,实在很愚蠢。这世界是很神秘的地方,特别是在黄昏的时候。智者因此说我们应该收敛。

我认为"收敛"其实说的是,我们应该有谦虚的态度,对待自然对待我们生存的世界。因为所有的事物可能都并不是我们认为的那样,所有的事物都可能有自己的意志和存在的方式。我们不懂罢了。这时候我们需要降低自己的重要性,学会和青草和那些爬虫一样平等,因为这是我们共同的星球。

当我们这样做了的时候,我们将看到另一副景象,那远远别于我们过去的生活。那些忙碌的人流和那些奔波的昆虫没有什么两样,他们都在求生存;他们用他们各自的方式,只是体积和表现方式不同;那些阳台上的花朵已经开过了好几个季节,他们现在要凋落了,和你早晨起来的白发一样,她们有些活够了;那些啼哭的婴儿是因为看到了这世界的不同,这世界被那么无限地放大,和子宫里的世界差得远了,他希望回去,可回不去了。我们许多的遗憾是这样造成的,许多时候我们出来了就回不去了,过去只能是叫回忆的东西,那东西远远近近地跟着你,她们用她们的意志指点你,让你有时候脸红、有时候幸福和自豪。

然后你看见了左边的那一个黑影,他叫死亡,他不远不近地守着,让你时刻不敢慢待眼前的生命,愿意珍重。他因此感到满意。他的时时出现让生变得更有了光亮和价值。

也因此让我们更加收敛。智慧的人会告诉我们:收敛了自己意味着你刻意避免去耗尽自己和别人,意味着你既不饥饿也不绝望。你就那么让自己真诚地生活着,因为收敛也让周围一团和气,让一些生命因为你长久,因为你没有形成危险。在一首诗中我这样写着自己的感动：

> 你就看见了那片生长的原野
>
> 那些要生长的你无法阻挡
>
> 那些被风吹过的树和庄稼
>
> 你会看见
>
> 你会看见所有的草弯了腰
>
> 那些静止的河流开始晃动着前行
>
> 那时你会看见一个流浪多年的人
>
> 那个哑巴的流浪者
>
> 他喃喃地独语
>
> 所有土地上的昆虫野兽都扭着头听
>
> 那只飞蝇也停下来

他至少开始收敛，因为他更多地看到了别人。一个收敛的人开始关注别人然后看到自己的那些损坏和得到。他因此会得到完善。我在用诗歌表达这样的感悟。

7

"你抱怨发牢骚，觉着每个人都在耍弄你。你是在风的怜悯中飘荡的一片叶子。你的生命没有力量，这种感觉是多么丑陋啊！"老人这么说。他对着旷野也好像对着我。在一段时间，尤其是我年轻的时候，我总把自己比做一片落叶，那种明显的自恋和脆弱自己根本就不知道。其实在许多人眼中，那是多么懦弱的表现呀——既然来到这个世界上，我必须要让自己活得像个战士。我的确发现命若琴弦，我的确发现我们对待那神秘的命运有些无能为力，但我们应该相信力量，那些自然的力量，那些挫折的力量，那些所有经过以后必将得到的力量。

在公共汽车上，我听见一对四年级的小学生在说话，一个男生对一个女生说：我现在只有一个朋友。平时就和他玩。女生很同情地说：你怎么那么少的朋友呀，我有好多的朋友呢，到了周末他们都到我家来找我玩。

男生说：他还没有生命。

女生：为什么呀？是玩具……对了我知道了你是说电脑。

一个十几岁的少年用深沉的语气谈着自己的情况，并且将友情寄托在一个无生命的电脑上，是高科技发展的今天的悲哀还是幸运？但那就是一种命运，它活生生地俘获了这样一个男生，让他拒绝了外界的交往，而活在电脑的世界中，活在了网中央。他的命运通过他无意的交谈透露出来，那话里没有自恋没有自叹，是一份自足。他看似沉重其实已经习惯了这样的现实。很难想到这样缺乏友情的日子怎样培养一个充满爱心的人。我因此又将看到命运的一个模样，我要和这个男孩擦肩而过，我无力改变他。

他下车回家。我只是在心里说：但愿他只是在编造一个谎言，但愿他身边有很多可爱的朋友，那样命运就会有另一个景象……

2002 年 11 月 10 日晨—夜

长途车、戈壁滩和家

　　看过当代边塞诗人杨牧的自传体长篇小说《天狼星下》，在那本书里记载着他怎样在十几岁时就因为成分问题逃到新疆，怎样在戈壁滩上跋涉，怎样在艰苦的黄沙里奋斗。我就很自然地想到了我的父母亲，当年他们来新疆的时候也不过17岁。他们对戈壁的感受是怎样的？他们又是怎么度过的呢？那么多年了父母从来没有说过这方面的问题，而我好像也从来也没有想过要问。

　　那一年我坐长途车从新疆出来上大学，正好17岁。我记得父亲送我到车站。那时母亲不敢出门送我，她害怕自己忍不住会在车站哭，会不吉利。父亲用车子驮着我。当我上了车，车渐渐开动的时候，再也忍不住地转头看他——他正骑着车跟着车走，直到车加速了驶上了大道，一片黄尘遮住了我的双眼。那时候我看着车从小城开出后面对的就是一望无际的大戈壁，那些碱白的土地寸草不生，一些枯黄的沙枣树焦渴地矗立，孤单无助。车就要在这样的景色里行走一天一夜。途中我们会看见一些壁立在公路两边的大山，那些山都是黑色的，像冷冷的铁的颜色。那些山的形状实在是令人畏惧：像捏紧的拳头，像要坠落的苍鹰，像奔跑的骏马，都那么高大凶狠。车从它们面前经过，好像要被马上吃掉。因为早就听说这个长途经常有山体塌陷的情况，经常就有跑长途车的司机被砸死，心里就紧紧的，心口憋着。像一个等着不幸命运降临的赌徒。谁叫我们居住在沙漠深处呢？谁又叫我们要考出来上学呢？一般人宁愿在家呆着也不出门，除非情非得已。

现在，我就是在赌命一样的路上。而这样的情形好像注定了要追随我一辈子。

从出门的17岁到现在我已经是一个31岁的人，成了家有了孩子。我已经扎根在济南这个城市里。人总是要有一个叫家的地方的。原来我以为家就是娶个老婆生个孩子，现在我开始明白，家其实是你这辈子的记忆：那些将注定你历史的墙壁，那个卧室或者书房，那个厕所，那你必须经过的街道，那些树木和人，他们围着你或者你围着他们一起生活着呼吸着，而这些将陪着你走过很长的时间。

我有些后悔没有过早地意识到时间对我的珍贵，家对我的珍贵。因为我已经在家以外的地方奔波了14年。我曾经很难明白为什么父母得知我要辞职离开家乡到外地闯荡时会那么伤心和愤怒，不明白他们在担心什么？现在我自己找到了答案：他们是害怕我丢弃了家。因为家意味着一份安稳一份寄托一份要延续的历史。在父母们当初闯荡到的这个南疆小城里，他们用了几乎所有的青春时光挣到了他们满意的一处住所，一双儿女，一个相对安稳的前途。他们希望子女能够继续延续这段命运，这段他们看来不错的命运。可以不再漂泊不再受人冷眼不必经受出门在外的所有苦楚。他们希望那些曾经在他们青春时代流过的泪和血汗能够代替我们，他们受过的罪也代替我们。他们希望我们住在他们带来的荣华上。

而我选择了毫不犹豫地离开。我发现离开后的损失。绝不是你们以为的一份安稳的大学工作，一份平坦的生活。我发现离开后最大的损失是我的历史有些中断和模糊。那本来应该不断地清晰和延续，而我因为这些年的不断跳跃和更换，许多的地方和城市成了过眼烟云，成了一些模糊的风景。我无法嗅到体味到那些呼吸和心跳，无法和那些长期居住一地的老乡们那样从一个破旧的山墙上一棵老树上看到过去：我家族的过去和自己的过去。我是一个丧失了历史的人。

　　一个人的历史只有自己才能真正书写。那是需要经历和体验的过程。而一个家，一个长期的居所是他的见证和另一种记录。我没有，所以我想真的驻扎。我真的要有一个属于我的家。

心理治疗

以一株青草的速度

我在《诗刊》上发表过一首诗《十年以后》，我全文抄在这里，因为这非常必要："我在老去/用一株青草的速度/用一柱香的速度/抓不住那些要你老去的手/这一切都偷偷进行/在你熟睡或者失眠的时候/在你让春天长久敞开的时候/不信你就看看十年后/那张有力的手/悄悄地运走了水草丰美的田庄/连同那些炊烟和炊烟后面的粮仓/如同一个赌输了一切的人/你枯瘦的手里握住的/只有一截青烟样的回忆"。

这首诗写完的时候，我决心挪动一下我的书房。搬家的时候，老婆考虑到我经常写作的缘故极力要求我的书房占一间南屋，而且通向阳台，这样我在写作累的时候可以在阳台的躺椅上晒太阳。一切都勾画得很美。后来我的女儿来到了这个人间。母亲就过来照顾她。几乎是不约而同，妻子和我决心让母亲住进南屋，而我的书房挪到北边来。当搬完的那一刻我舒口气坐在凌乱的书堆中，伸手碰到了一个黑色的笔记本，那是六七年前的一个采访本。那记录着我当电脑记者的一段经历。许多尖端科学的术语都记录在案，我现在对它们仍旧一无所知。我报道了大量的关于电脑技术当时发展的情况，那时候电脑还刚刚兴起，我不知道当时竟然走在电脑科技的前沿。这样的采访本有八九本，我当时一定跑了许多地方采访了许多电脑方面的专家学者，我当时一定想充当一名真正的电脑记者。现在我疲惫地翻看了一下就把它扔到一边。心里说：那是你的一段不短的历史。可一股沮丧油然生起。

凭什么这么晚才赶来？凭什么让你花了那么长时间干着自己不愿意干的事情？

是啊——在我知道自己要当作家的时候，那是考上大学中文系的那天，既然这个念头这么多年一直没有改变，为什么我转换了那么多与写作无关的行业，把许多的精力徒劳地耗损？我在想如果我早一点觉悟，理清了哪些是利益哪些是诱惑，我就会少走很多弯路，如果我早一点走上正途，我就会少很多波折。而我已经从西到东从南到北地走了十几年，哪些城市会留下我真正的印迹？年少的热情和活力被那些热闹和无谓的消遣打发了，而自己的世界自己的那份梦想至今才开始上路。

原来我一直是让梦想活动在嘴上活动在心口，却一次也没有让梦想踏踏实实地行走。

"可我尽管折腾了好几次不是每次都回来了吗？"一个声音好像有些不服气。

可每一次折腾都在大面积地丧失你的元气。你本来是可以早一些赶来的。

"赶来干什么？"

赶上你开往梦想的列车！

妹妹也做母亲了。我去看她的时候她正安祥地躺在床上等待着分娩。当我要走的时候，她却从家里赶来，送给我一篇她从杂志上抄下的文章。她说：哥，这文章我看了好几遍了，我觉着好像是在写你，你看看吧。

"我每次都在祈祷希望你早日稳定下来，早日成家，早日过上好日子。别折腾了。"

"别以为自己很了不起，那样你永远找不到自己……的位置。"

我有些不好意思地盯着妹妹看看。我发现多年以后，妹妹好像成了为我操心的姐姐。那种时间的错位感再次让我不敢轻易拿青春做代价。

其实，时间已经对我惩罚了。在将近 30 岁的时候，我已经开始掉发也开始有了秃顶的倾向。时间用岁月的无情来提醒我，让我还在 30 岁的时候开始体会到 40 岁人的沧桑，我觉察出来了。我不敢再让时间追赶，开始心甘情愿地随着她的波浪往前生长。我知道一些事情急不得。这和河水一样，在那宽窄不一的河道里，我们需要一直往前却不能跨越。那些窄的

1998 年在《济南时报》当文学副刊编辑

地方我们必须经过。没有经过的时间要让你因为狂妄和自大得到报复。

所以，当同事们叫我老马的时候，我的心里生出的是对时间的敬畏。因为在心里我一直还以为自己还很年轻……其实……"我们正在以一株青草的速度老去"。

白杨的故乡

水中开花的树，倒长的内陆河。这是白杨再好不过的比喻了。

从西部而来印象中的植物好像只有她了，无时无刻不出现在你的视野里。萧红在她的《给流亡异地的东北同胞书》一文中这样说：家乡多么好呀，土地是宽阔的，粮食是充足的，有顶黄的金子，有顶亮的煤，鸽子在门楼上飞，鸡在柳树下啼着，马群越过原野而来，黄豆像潮水似的在铁道上翻涌。如果让我来描写记忆中的西部，我则要从白杨写起了——和我苍老的父亲一样，默默无言地挺立成为你不变的身影，在茫茫苍苍之间只有风暴和黄沙与你共眠。贫瘠的双手、不甘的双手，在你献出青春的热情和盼望之后，在你抛下三十年的家园又重新回到阳关以东；当你不经意地抬眼望西部的柳园，这离开新疆的最后一站眺望；当火车就那么一点一点一寸一寸从几十年前你漂泊而去的路回溯，一点一点接近你降生的家园，历史就开始巧妙地唱起昏黄的歌，和铁轨与车体摩擦发出的声音相呼应，老旧的往事就在眼前。

在这个夏天就要结束时，父亲终于退休了，从新疆往山东来。父亲和母亲结伴，他俩本来说好一路上走走看看，因为在新疆北疆的昌吉有父亲的小妹，然而虽然彼此知道，但几十年兄妹一直未能见面，父亲说忙了一辈子这次无论如何我要见见我的妹妹了。在甘肃武威，那是父亲的出生地，父亲生长了17年的故乡，父亲说那里有他的兄弟和姐姐，无论如何他要带着白发的母亲去见见他们，让老哥老姐们知道他的媳妇，让乡里人知道他——在外面混了三十几年的老马家的二小子回家来了。"我要好好玩呢，我要多呆几天再回来的。"父亲对母亲说着，母亲附和着，"对，对，听你说了一百遍了。"。

　　然而，父亲离开西部时这个愿望一个也没实现。先就是他一个人在家做饭，引起了液化气的燃烧和爆炸，父亲的双手和脸被严重烫伤——从我匆匆回家去看他，到我假期结束不得不离开家的近一个月时间里，父亲的伤也没痊愈，我是在父亲还没出院的时候离开他的，我本想把假期再拖一个星期，等父亲能出院以后再走，我明白自己实在是想对父亲补偿一些什么。我明白在母亲为了照看哥哥的孩子而留下父亲一个在新疆的日子，父亲的孤单，明白父亲见到母亲后的那一声长叹。

　　我清楚地记得那一天，我和母亲下了飞机直奔长途车站往家的方向而来时，母亲的焦灼；记得我们穿过一排排久违的白杨树，向住院区来；记得推开半开的门，往病房探头时，看见的那张靠窗的床：那床上躺着人，我只能看见他的白发，当我认定那是父亲，就大声就叫一声：爸爸。那人好像熟睡了，不应。我走近，我看见了他的脸，被火烧得面目全非的脸，然后我又叫了一声，那是父亲，两颗泪从眼中流下，半晌他说：儿子，回来了。

　　我还记得突然接到单位的通知：将要有重大工作调整请速归。当天下午我不得不跳上了东去的长途车，母亲被这个消息弄得手忙脚乱，她先是匆匆为了打点行装，接着为我做路上的干粮，接着就是大锅里炒核桃。那天的午后，母亲像每次送我走那样蹲在地上，把一大堆核桃砸开，掏出核放进锅里用糖炒：多吃核桃补脑！只是那次父亲没有像过去那样帮她，父亲还在医院呢。等匆匆上了路，路过医院时，母亲说她在出租车里等着，让我去医院和父亲告别。我跑进去，父亲正像往日那样打着吊瓶，他一定以为我和往日那样是来陪他聊天的，他说，孩子你去叫叫护士，针快打完了，我就像往日那样在门口大声叫：护士，该拔针头了。我喊完就说：爸，单位催我了，我不能再呆下去了，现在车在外面，妈送我。父亲先是一愣，接着就说：那快点吧，工作重要，你看爸的手已经能动了。

我赶紧转身就跑，"再见"两个字在白杨树的树梢上。

我到了车站，我让母亲快走，父亲到上厕所的时间了，他需要帮助。母亲说等车开了她再走，可车等了一个小时还没有要走的迹象。母亲惦记着医院的父亲就先走了，我就在车上躺下，躺着躺着泪下来了。我知道自己这个时候是不该离开的，在父亲最需要照顾的时候，而一生中让自己为父母做些事的机会又能有几回。下午的阳光正好照在我的脸上，热热的，车反而没有要走的样子了，乘客开始抱怨。我翻转身向车窗看，想最后再看看我的故乡，也许这真是最后一次回故乡了——我盯着那条马路，然后就看见了母亲的身影，她，是她，她怎么又回来了，在她回去将近又过了一小时时！

我下了车。"你爸那里现在有护士，我赶过来看车走没有。"母亲喃喃地说。"你怎么知道车没开？都一个小时了。""我想碰碰运气。"母亲的眼圈红了。

我不是个脆弱的人，我承认在母亲面前我从未掉过眼泪，但当我和母亲坐在车厢里，等着车开的当儿，我忍不住泪水哗哗地淌着，任我一千次地说不要哭不要哭。旁边坐着一些乘客，送她们的亲人因为这趟车等的时间太长已经回去了。我再劝母亲回去。我怕母亲多呆一会儿我会惹得她也流泪。母亲反而坚强地一再说：你这是怎么了，不哭，大男子汉了，要结婚的人了。

是工作上的事吧，都是你爸的病给耽搁的，回去给领导好好说说吧。

车终于开了。

母亲躬着腰下了车。

车开了，我挥挥手。

我看见母亲分明用挥起的手擦拭着她的眼角。

在颠簸的车上，我忽然想起一个细节，当我和母亲向长途车走来时，众多的车贩子拉我们上她们的车，一个女的直接扯着母亲，母亲差点让她扯倒。我大吼一声：你们再敢动我妈一下，非杀了你们不可。她们不动了，嘴里嘟囔着什么。一个上了年纪的票贩子在说：好样的，还是儿子疼娘呀。想到这儿我再回头，我这次不能再说什么了，在车后，骑车的母亲正跟在车后，我忙叫车停下，母亲近了，有些难为情地说：带上这包梨，路上它最解渴了，放心吃，妈洗过的。

一阵黄尘后，我再看不见故乡了。经过五天五夜我到了济南。过了几天，我就收到了父亲写来的快件。信上说，父亲的手已经痊愈，生活已经可以自理。信上父亲还幽默地说：手真是万能工具，不能伤着呢。我还要用它抱我的孙子呢。

我认真地又看了看那信，直到最后我确信那封信上的字迹确是父亲的。

随后就是父亲这次彻底地回到关内。却赶上幼小的侄女急需他们照看。父亲和母亲急急赶来。在昌吉在武威父亲都没有下车。事情总有轻重缓急的，还是看孙子要紧。父亲对母亲说。但一路上父亲话很少，这与他平时开朗活泼简直是判若两人。我猜想父亲一定是在想念自己的亲人了。三十几年了。母亲说，父亲走到那个地方总要指指说：这就是我姐姐家，那就是我妹妹家了。那是我弟弟和哥哥家。车就那么一点一点地往前开了——父亲的眼一眨不眨地盯着夜幕中的故乡——那是父亲的记忆，全部的深深的童年——

我所不知的。

父亲说：这一路我仔细地看，我很难想象我怎么在这样一个荒凉的地方生活了近一辈子。光秃秃的，除了千篇一律的白杨外，什么都看不见。不出西部我确实不知道呀。

母亲想的是父亲的心愿：你这次错过了，以后可怎么再回去看你的兄弟姐妹呀。父亲不说什么。他抱着可爱的侄女说：等我们的小宝贝能出门了，爷爷带着你回爷爷的家。

爷爷的家。是呀，父亲的家对我们是多么遥远的概念，但的确存在着，是无法从父亲心头抹去的光芒四射的圣殿。

多年以后，会不会有一天，我也要千里迢迢回到我的故乡——那遥远的阿克苏，回去寻找童年和记忆，也对自己的孙子说：爷爷的家在那个地方——一直向西向西。

这样想着，满脑子里就是白杨的影像，我失神地望着远方，心仿佛被大风牵着长出了翅膀——我那时总能听见北方冬天凿冰取水的声音，听见马车碾过煤屑路，听见从戈壁长途跋涉的汽车惊动的野骆驼，听见细细的黄沙刮过夜空，听见从十三间房到葡萄沟里穿行的呼啸，听见荒野里漂泊者的孤坟——终于一桩心愿了了，终于可以让漂泊了半世的父亲母亲回家来了——终于可以在他们百年后将自己埋进关内的土中。我不说出来，我不对他们说，我只是那么幸福地看着白发的漂泊者，深秋的阳光从没有那样灿烂，他们的白发在微凉的菊花边燃烧……

一大碗拉面

　　虽然事隔多年，但一想起那件事，我心里还是很难过。

　　那是大学毕业不久，我被分配到一所大学教书。母亲从相隔400公里的家乡来看我了。我说："妈，学校食堂的饭不好，我带你到外面去吧。"母亲先是不肯，认为不需那么麻烦，能吃饱就行。可禁不起我劝。

　　出了校门，左右一望，哪里有什么能去的地方。因为初来此地，加之工资低，一些高档一点的饭店从没进过；有一两家普通的是和同事来过的，知道有一种当地少数民族做的拉面，很圆滑细腻，类似兰州拉面，面上泼一层油汤，汤内有肉块。我就说："妈，我请你吃拉面吧。""好，吃什么妈都高兴——"

　　我和妈走进了那家昏暗的，卫生条件也不怎么好的饭馆，稍等了一会儿，面上来了。妈说：吃吧。我便大口大口吃起来。在妈面前，我似乎还是个孩子，我也感到自己是个孩子，当时吃时可能毫无顾忌，完全暴露出了我少时的那种贪吃相。母亲小口小口地咽着，拿眼一直看着我，最后，我吃完时发现母亲的碗里面还很多。我还发现，她的双眼盛满了泪水。"妈。怎么了?"母亲没有说话,只是掩饰性地抹了抹眼睛。"妈,这饭不好吃吗?""好吃。好吃,瞧,妈吃着呢——"妈用筷子挑起面来往嘴里塞。

我笑一笑。但我隐约知道,妈一定想到什么伤心的事了。

妈妈住了几天后就走了,她要回去照顾上学的妹妹和爸爸。

后来,妹妹来信说:妈妈正在拼命地挣钱,她说,你这个大学教师当得清苦,食堂的伙食太差,平时想改善一下就是出去到外面的小馆子吃一种面。她说以后每月再给你寄些钱去。"儿子是动脑筋的人啊,身体可不能垮了。"

今夜忽然想起了这事。心怎么也平静不下来了。当时我为何就没有考虑到把母亲带到一家像样的饭馆去呢?为什么就没考虑母亲是一个很仔细的人呢?

妈妈呀,何时我能再接你到我这儿来,在带你到外面去,能让你放心地回家,不再因为儿子的吃饭担心呢?

多年过去,一桩桩事都已是过去。就像一茬茬麦子割去后在来年又生出新芽。这件事也一样,它发出的麦芒一样的光开始刺痛我,让我想念远方的家乡,更加倍想我的妈妈。

陌生的星空

　　"我遥远而亲近的故乡/那田野的中心/那片高粱直指的方向/我久违的兄弟和姐妹/手拉手组成一个夜晚"。说不清从什么时候起，我已经不再注意星空了，这并不代表我总是在低头走路。我很难想象如果一个人一辈子在黑夜里只是低头走路那需要付出多大的代价：因为那种形像的人，从旁观的角度讲，不是犯罪分子也是一个良心上纠结的人。我注意到，我在黑暗中走路还是抬着头的，我注意到了马路两边闪亮的霓虹，注意到了元宵佳节里闪亮的花灯，也注意到各单位门前早早挂起的红灯笼。可我真的没有这样好好注意一次星空了。

　　这样的夜晚，周围一片沉寂，夜空也就格外的深邃和高远，一两颗星星格外闪亮地挂在高处。从五楼的房间望出去我看不见月亮。而今晚应该是朗月高照的时刻。出去走走吗？腿主动地找个椅子坐下来，心里便只好作罢。且让我和眼前的这几颗明星作伴吧。好歹有的是机会，那天有更大的兴致我就下楼好好看看星空。

　　这样就真的没有下楼。这样我从一年拖到下一年，真的就没有再见过月亮了。

　　有时候想：人们在说错过一个事物或者机会时总能给自己找到一个理由，而我许多年来没有见过月亮这事，最好的理由是什么呢？

　　懒吗？没心境？压力大吗？

　　我终于没有找到。其实我没有去找。在考虑这些的时候我已经下了楼，开始扬头往天空张望。许多的行人看着我，然后他们也都和我一样往高处看。我看了好一会儿，脖子都酸了。许多人也看了好一会儿，摇摇头不解地走远了。他们要么心事重重要么脚步匆匆，我多么想找到一个和我一样心境的人，一起继续扬头看看那轮明亮的月亮，城市里的月亮。可天已经很晚了，没有多少行人停住脚步，他们都在朝家的方向奔走。而我好像那么悠闲地散步，我也没有看到月亮。那天天空黑得只能看到天空，连星星也没有。

　　这是一种天意。美的东西总是要在心里珍藏许久，然后在不经意间才能捕捉，而那也需要一次不经意的好心情。

　　"你们歌唱所以大家都不说话，你们沉默所以冬天就来"，我对着那些漆黑的夜空这么说，好像这样也对得起我有些失落的心了。好像我正对着满天空的星星说着话，好像冬天真的是因为星星不再歌唱的缘故。

乌　鸦

　　在西部，乌鸦是常见的一种鸟。乌鸦的数量和麻雀几乎是一样的。尤其到了冬季，那些凋落的树上，你会看见许多灰白的叶子密密麻麻地垂落着，近前要看却要吓你一跳，一大群隐藏的麻雀突然风暴一样地飞起，顿时眼前的那些"枝繁叶茂"成了光秃秃的残枝败叶。

　　而乌鸦就在不远，他们也是成群的，但乌鸦的黑让它们从来就和不祥联系在一起。少有人会喜欢它们。所以，老远看见了就用土块丢过去，乌鸦就一片乱叫地飞起来到了更远的地方。有时候乌鸦也会落在树上，它们落在树上就如同几块肮脏的破布挂在那儿，衬托的整个季节更凄清和无奈。

　　它们同样是鸟却因为颜色有了不同的命运。

　　我原来是想同情乌鸦的。但谁知道此刻乌鸦是不是在同情我呢？

　　看看它们悠闲地在野地里觅食，在树林里栖息。谁说它可怜呢？可怜的只是因为人类对它们的歧视吗？可人类的歧视对它们重要吗？

　　我们经常用一个小小的蛋弓就能打到一些麻雀然后油炸了吃，或者几个伙伴爬上树就能掏了它们的窝。可有谁主动地去打一只乌鸦并要吃它们的肉呢？

　　相对麻雀，乌鸦的坏名声却换来了安全。

美丽的伤口

"明天要下雨了/你的伤口隐隐做痛/你扶住你的伤口/却一直没有看见伤在何处",这节诗经常提醒着我,岁月有着许多相似或者轮回,而一个人不可能总是那么细心地越过曾经绊倒过的地方。即使越过去了而过去的人和事也会时不时化作记忆不期而至。而且有些东西是无法逾越的。

给同学们讲解诗歌的时候,我说道:生活中其实处处都是诗歌,需要你们的发现。我当时就想到了那件事情。多年前我在新疆有一个学生,她后来随父母到了福建,有一次她给我来信说:她唯一的哥哥去了。"子弹穿过胸膛,这是个可以入诗的句子,我没有想到而现在却在我自己的哥哥身上发生。昨天我们好像还在新疆的雪地里玩耍,互相抛掷着雪球。我似乎还能感觉到他温热的脖颈他的胸膛。可现在任我千百边地呼喊也唤不醒他的眼睛。子弹夺去生命就在那一刹那。"她说,"想起小时候,我非常要好的一个朋友,早晨她刚要出门,母亲叫她回来换一件衣服,她回去了。结果那天早晨她被一辆货车撞死。好像生命就在往前的一脚,或者就是退后的一步。如果那天早晨母亲没有叫她停留一下,兴许——"

我于是记住了"子弹穿过胸膛，也记住了一个人的生命。"那时候我觉着一个人的生命好像冥冥中就是为一颗子弹准备着。你现在生活着是因为那颗子弹还没有射出或者那颗子弹还在途中。那是颗命运的子弹，你可以认为它就是岁月或者是许多偶然和必然。

　　"子弹穿过胸膛"这句话和诗歌一样感染着我，让我每每想起那个故事，想起一个妹妹的伤感，一种圣洁的思念。这时候伤口已经升华为生命的智慧。

　　一位母亲曾经给儿子写信，每次信中都有一句同样的开头：神啊，请保佑我的儿子，他是我唯一的儿子。那是位不太识字的母亲。信中言语极少。

　　很多年后我和那位儿子见面了。我讲起他母亲写给他的信，讲起这一句。那儿子也清晰地记着。他说：到现在，我已经30岁的人了，我母亲还这么写信给我。而他每接到母亲的信，心里是隐隐的痛。

　　"这么多年了，我还是让母亲不能放心呀——"他说。他在这么说的时候，我觉着我好像也在这么说。

　　那时候我认定，我们所谓的那些伤痛不仅仅是一次失败一次离别，有时候亲情的牵挂或者友谊都可能成为你无法摆脱的伤口。他让坚强的人时不时要动用一点柔情，感觉到自己的脆弱和慌张。同时也就增添了无穷的力量。

　　"你必定会在一个雨天出走/好像谁牵引着你/好像另一个自己/你会在阳光出来的时候/像晾晒干粮一样晾晒/你总能在转身的时候看到它/如同看见自己的影子/如同看见风正朝着你吹"，我们面对着伤口需要经常地晾晒，让它们成为自己真正的经验，成为另一个自己。这样我们在多年后可以自豪地说：我的确历经沧桑。但那种沧桑已经因为岁月成为你必不可少的一部分，成为你的生命的需要。

　　自然地坐拥那迎面的风，让伤口愈合让伤口成为你的魅力。这时候我愿意引用安徒生童话《卖火柴的小女孩》中的一段文字："她想把自己暖和一下。人们说。谁也不知道她曾经看到过多么美丽的东西，她曾经是多么光荣地跟祖母在一起，走到新年的幸福中去。"如果那童话中的小女孩受到的寒冷和饥饿如同我们人生中的某些困厄，那么我们干嘛不像她那样看到这些困厄中的美丽幻象，让我们从困厄中看到希望。

玉米在成长

"望着桌子边的窗外，感觉到他细长的手指攥着她的手。没有一丝风，玉米在成长。"

"我要保持它简单、优雅。复杂的玩意儿好弄。简单才难。我每天都在那上头花功夫，直到开始对头了。然后我又下点儿功夫把钢琴和低音提琴的过门谱写出来。"

以上两句是曾经风靡一时的小说《廊桥遗梦》中一个极为次要的人物的话。当初自己阅读完那个小说只记录下这么两句，至于那两个恋人的爱情倒成了次要的。那时候感觉自己很像书中那个潦倒的乐师。只是在用自己的音乐记录别人的故事。欣赏着别人的美丽。

我还记下了那个罗伯特·金凯说的话：市场比任何东西都更能扼杀艺术的激情，对很多人来说，那是一个以安全为重的世界。

此刻，秋天的玉米正在夏天生长。它们潜滋暗长，它们等着给自己一个惊喜。而此同时许多其他的植物和动物都在奔跑，它们长出了奔跑的翅膀。

我愿意守着那棵玉米等到收割的时节，及时地吃了它。

可怕的拒绝

　　班里都在传有个男生爱上了一个女生。大家暗地里都在为男生加油。每次看到男生就会冲他送上支持者的笑，连男生都纳闷，大家都怎么了？

　　到同学们聚餐，逮着机会，男生们就要拿那位男生和女生开玩笑。比如郎才女貌金童玉女等等。男生脸在红，女生低下头吃饭，好像没有听明白大家的话一样，脸红没有也就看不清了。

　　再后来，男生好多天不来上课，也不回宿舍了。大家感到空气里有失恋的味道。但都不说出来。

　　再后来，男生回来了，老了许多。

　　大家想：什么能够让一个年轻人一夜间老去？

　　后来大家见到女生也不大搭理她了。好像男生的变化还是她的错。

　　谁规定，女生就一定要答应男生什么呢？

　　自此，男生们真得都不理睬那个女生，好像失恋的被拒绝的是自己。

　　后来女生也不来上课了，请假回家了。

　　男生好像复原了，有说有笑的，大家绝口不提女生。男生在很短的时间地闪电般爱上了另一个女生。手挽手好像很幸福的样子。

女生很长时间也不见了，好像消失了。大家突然都有些惆怅，都开始说：其实她挺可爱的。她应该有自己爱和不爱的权利呀。

有一个共过患难的朋友，他曾经是我非常羡慕的人。我经常对他说：你看你多幸福，有美丽的姑娘相伴，有她照顾你，你真是无后顾之忧呀。

可有一天，一个陌生的男子走到我朋友跟前，公然地牵过他多年女友的手说：这是我老婆，你靠边站。

面对着情敌，朋友只有义愤，他挥动拳头去卫护他的爱情、他的尊严。可，在那时候他深爱的姑娘却挺身而出说：不要打了，我属于他。"他"是指那个陌生的男子。

这也属于一次拒绝。而这种拒绝是无法医治的。尤其是一个把爱情看成纯洁如白纸的年轻人，拒绝而且是守着情敌和众多观众的情况下，男人的尊严全没了。那种伤痛一定是个噩梦。我能理解朋友为何最后选择了离开这座城市，而且是永远的离开。

人间的灯火

1

我时常对着灯光发呆，我在想一些事情，而那些事情如果串连起来，竟然都离不开"灯火"。比如多年前，守着昏黄的灯光，那个 16 岁的中学生刻苦学习，那时候灯是他最亲近的伙伴，从夜晚到清晨，灯光一直不离左右，那时候，灯光就如同一位长者，充满了殷切的希望和关爱；又如漂泊的人，当他黄昏或夜晚骑着单车回家时，那万家的灯火是让他找到幸福的启示，是一种督促，如同摇曳的花朵；再如长途跋涉的旅行者，在孤苦无依的那刻，看到不远处飘渺而真切的灯火时的喜悦，那时候灯火就是勇气和力量。有那么多的事情可以和灯火相连，我简直找不到什么可以拒绝灯火的，而如果拒绝了，那也许只有死亡。

2

时光可以倒退 20 年，那时候我已经是高中一年级的学生了。那时候的母亲因为父亲工作太忙，她自己工作也常不着家的缘故，早早辞了公职，回家来照顾我们兄妹三人。她即使留在家里也没有闲着，自己动手做了织毯架，在家织地毯。那活儿她一干就是很多年。所以，每每想到母亲那些年的辛苦，我就会想起母亲织房里传出的灯光。当夜深人静、鼾声四起的时候，劳累了一天的母亲仍旧会坐在织机前，左手勾线，右手持刀，一刀一刀、一线一线地将那美丽的地毯完成。手工织地毯是很苦的。我常常看到母亲的手由于经常勾线被勒得淌出血来，而为了继续织，她顶多在那受伤的食指上缠一层薄薄的胶布，这样又继续。那薄薄的胶布很快也染成了红色，手指上的肉明显地凹陷下去，指甲都要脱落。但涂点药，她又对我们说：没事，没事，你们好好学习，妈妈就最开心了。

每看到母亲开裂的手指，看到那凹陷的手指，我的心都一阵阵地痛，那时候我多想早点长大，来分担家庭的压力。所以，我会在临睡前跑到母亲的织架前帮母亲织地毯，那时候我真的能体会到，食指被线勒久后的十指连心的痛。然而我很快就掌握了织毯的技巧，以至于，当母亲起身做饭的时候或者做家务的时候，我都能偷空跑过来替她把那些没有织完的地方补齐。后来妹妹和哥哥也都加入进来，我们互相比谁织得快。这样往往就帮了倒忙。因为地毯完全是按照图纸来的，每个地方都有固定的针数，多了整个图案就很难看。因为我们还没有学会看图纸，所以那一次就胡乱地用线添满了空，结果母亲回来心疼地叫起来。她那次严厉地告诉我们：你们的任务是好好学习，考大学，其他的事情都不要操心，谁如果因为织地毯成绩下来了，她才伤心呢。

灯光下的母亲躬腰趴背一织就是十几年，她常说的话就是：如果你们三个都考上大学了，妈妈就不织这死玩意了。"你们不好好学习，以后就和妈妈一样，没文化找罪受！"这些话想起来就好像在昨天。同时还能想起的是，每当我第二觉起来还看到母亲房间亮着的灯光时，我会说：妈妈，早点休息吧。母亲总会说：孩子你好好睡，妈妈今天的任务还没有完成呢。原来母亲每天都给自己规定了50行的任务，如果完成不了，她就不睡觉。有时候三个孩子谁感冒发烧了，她的活就耽搁下来，但她只要有空就一定补回来。母亲没有说什么，但她却影响了我今后的工作和学习，因为在走过的30多个春秋里，我始终要求自己：今天的事情今天完成，决不拖后。

上了高中，母亲几乎不让我们做任何事情。为了考上好的大学，我也给自己制定了计划表，每天早上5点半起床开始学习，晚上11点入睡。而因为母亲织地毯经常到半夜，所以她早上通常要到6点以后才能起来。所以，我就偷偷跑到厨房里去看书，那样就不会因为明亮的灯光影响了家里人的休息。后来母亲发觉了我早起的习惯，心疼我说：孩子你还那么小，身体重要啊，不要起得那么早。

我说：我要考重点大学，大家都在努力呢。

母亲安详地看着我笑了说：那我每天和你一起起来。

以后母亲每天也在5点半起来，起来就给我做饭。所以，我上学期间最为幸福的事情是：我从来没吃过一顿冷饭。三餐都是热气腾腾的。到后来，母亲将厨房里的灯换了个瓦数很大的，她怕昏黄的灯会伤了我的眼睛。

3

在昏暗的记忆里，我时常会想起艰难的母亲，因此，我写过一首诗歌被收入《中国独立诗歌大展》一书中，题目是《病》：

母亲急病

高烧不退

我给她量体温

给她喂药

我一直不能忘记

当我走近她

她捂住嘴和鼻子

小声说快走开

别传染你

小时候

我们高烧时

就在母亲的怀里

听她小声说

孩子妈妈和你在一起

4

到后来我上了大学，成家有了孩子，上了博士，家的灯火一直照亮着我前行的路。那年我辞职考博士，经过一个整年的复习，终于在发榜的那天看到了红榜上自己的名字，马上给家里的母亲打电话，母亲接到电话的反应是：痛哭。我知道此刻她又是多么幸福。

妻子说：这个世界上你首先应该感谢的是你的妈妈，她对你付出的几乎是所有。现在我想到灯火的时候则认为，在一个人最困难的时候，家的灯火是多么重要。是的，当我一名不文地开始选择重新上学，当我疲惫地趴在书桌前的时候，是父亲、母亲和妻子悄悄的一句话，一杯茶鼓舞着我。而当第一次考试失利的时候，是他们在召唤我：赶紧回家，我们等着你。

是啊，多年前，那次考试的失利，几乎催垮了我所有的自信，当我走出校门的时候，我几乎没有想到回家，是他们的电话一遍一遍催促着我。

坐着102车穿过繁华的经七路，我顺着向西的方向，那时候，黄昏中的灯火渐次亮起，多年前，当我还是单身的时候，多么希望自己在那万家灯火中找到一个等着自己的人，一个温暖的家，而现在我已经得到了，失败了有什么呢，自己最亲爱的人们，他们正在灯火中等着我回去，回去对他们尤其重要。

以后我经常对着一些来找我的年轻朋友谈起自己的几次失败，告诉他们自己的感受，我最后总要说：别犹豫了，你们那么年轻有一大把的机会等着你去体验，失败几次又算什么。

其实，我们之所以能经得起失败，是因为我们有爱，那爱的灯火如此明亮。

5

如果哪天，如果有谁要问我，你来到这个人间最想留下的一句话是什么，我会考虑说：快来吧，这里有着最美最温暖的灯火，还犹豫什么！

漂泊者

在济南

离开淄博到济南，已经 10 年。那么漫长
的时间。这个山在城南、水在城北的地方，因
为是省城，因此就带了点儿繁华。但济南的确
没有大都会的姿态和气势，我感觉中它就是一
个不显眼的员外，丰衣足食地过着自己的日
子，在清风和明月下，大明湖可以听戏品铭，
千佛山可以登高远望。这是个可以叫人安静下
来的城市。

我最难忘记的是这个城市的那些老街老
巷，那是一个城市的年龄和经历，那些班驳的
墙壁那些黑瓦红墙都透出过去的悠闲和丰足。
在芙蓉街我住过一段时间。那时候我还是单
身，租住在一家四合院里的二楼。这个院子里

2000 年，山东大学硕士
毕业

住着 5 户人家，房东是个 80 岁的老太太，她和小儿子一家住，把剩余的房

间给房客。来自五湖四海的人都在一起。白天静悄悄的，老太太端把椅子晒太阳，任何进这院子的人都似乎在她眯缝起的眼里。这足以让小偷望而却步。

芙蓉街里深藏着济南最古老的商店和小吃，而且那里面有多处泉水。可惜，我住的时候大多数是处于被烂叶子和矿泉水瓶子覆盖的局面。那附近的贡院墙根、百花洲，一些古老的名字县西巷、鞭指巷等等，都浸透着历史与传说的气息。

济南相对于别的省城，它有些小，有些安静甚至带点儿自我满足。所以，在很长一段时间，济南的变化不大，而最常看到的是马路的维修，今天翻开明天盖上，所以市民说：济南的路是拉锁。济南的性别甚至是中性的。它不性感，赶不上青岛；它没有妩媚之气，赶不上上海；更谈上不上恢弘，没有帝都之象（中国历史上，没有一家王朝在济南建都）。因此，它谈不上奢华，也较少成为战争涂炭的地方。一些历史的遗迹竟然因此历经风雨而得到保存。

所以它安全。在黑夜下的济南，你大可以一个人走走，没有恐惧和担心。让那些和善的市民和城市里安全的气氛感染着你。

近几年济南突然会装扮了。如同不谙世事的小姑娘，一朝突然清醒，开始使用化妆品，挑选自己喜爱的衣服。从一个不起眼的女孩开始透露出成熟美。那些高楼是见证、那些宽大的街道是见证、那些被打通的围墙是见证。绿地在不断增加，空气在不断清新，姑娘们的衣着在向上海的时装靠拢。

如果说过去济南还是刚入城市的乡人，现在是见了世面回来的城市人了。美容院因此多起来，健身房于是多起来，原来到了晚上八点以后，济南基本上是处于黑灯瞎火状态，而现在它已经成了不夜城。从一个城市的夜生活的有无，我们几乎可以断定一个城市经济的强弱。囊中羞涩的人是不会把钱挥霍到夜夜笙歌中，不会想到对自己疲劳的身体做个放松。而现在，夜色里，不知疲倦的都市人让济南奢华起来。在过去的安静之上飘荡了几分浮躁。

我谈不上对济南的热爱。因为它毕竟不是北京上海，更不要说巴黎和伦敦了。但我愿意继续留在济南。因为在这里我有了妻子和孩子。而这是让一个人停下脚步的唯一方式。它让我在这个优点和缺点一样突出的城市里，开始了真正柴米油盐的生活，开始懂得城市的大小和繁华与一个人无关，他的生活只决定于他的内心。一个丰富的内心可以让他的城市因为他存在而精彩。关键是，一个人的生命和历史可以因为一个安妥的家而将自己的气脉很好地延伸下去。可以从已经熟悉的街道和空间里，逐渐形成你宝贵的情感，那也许就是家园的含义。

现在，我的家在济南。

游牧城市

　　人这一生不知道要和多少城市打交道。和城市的交道和人的交道几乎是相通的。人这一辈子的性格到成年的时候基本上是定型了，所以他和城市打交道的方式方法，以及和城市接触中的事件也都具有他的个性特色。可以肯定地说，有什么样性格的人就会有什么样印象中的城市。

　　出生在新疆，因此我具有了新疆人的典型性格，豪爽好客以及打抱不平。这就不说了。带着新疆人的特点我 17 岁出了一次远门，那是我长那么大第一次独自出门，一出就到了遥远的西安，一呆就是四年。这个古老的帝王都城给我四年的印象是古朴、深沉、神秘。这是个把古代建筑和古代习俗很好继承并发扬的城市，你甚至从这个城市人的言谈举止中联想到那个盛唐时代的文人气象和繁荣场面。他们标准的关中腔调透着狡滑和智慧，透着漫不经心而又举重若轻的风度。他们有着可以骄傲的资本：那闻名的古迹、名山大川、历史文化名人等等。他们还用秦川大地上风味的小吃勾引各地的来访者，当时在南门和南稍门一带很早就有了小吃一条街，一路吃下去，品尝下去，你不能不想着下一次再来。就是这个有着浓重书卷气的城市，却有着极其世俗化的杂志《女友》，当年在这样一份杂志上发表一篇文章可以挣来半年的生活费，而《女友》办刊的成功经验也让通俗杂志们找到了生财之道。也就是这个有着浓重文化氛围的城市，你可以常常看到西装革履和衣衫不整的人并肩而行。尤其是到了夏天，满大街那些只穿拖鞋、光着脊梁的闲人们，他们晃荡着用挑衅的目光注视你，随时准备和你找点儿事情去打发时光。而这里的五十多所高等院校又让那些闲人被埋没在成群的翩翩少年中。

古老的城市，青春的城市，世俗化而又书卷气的城市，这样的混杂和统一，让我在远离家乡小城后第一次领略到一种别样的城市气息。那时候我就在想：为什么同样是人，在不同的城市里生活会有不一样的特征。后来我发现这不同的特征关键是：语言。

比起新疆汉人粗狂的语言方式，关中口音显得温和而坚定，自足而骄傲。比如说：我是西安人。关中口音就显得骄傲而自足，不卑不亢。那个"我"一定要念成"饿"，发重音，对主体的强调和重视，显示出他们对自身的认可。

大学的青春时光在那里渡过。记忆中的钟鼓楼依然在斜阳下唱着歌，而碑林仍旧在一次次地讲述相同的历史。

就在古旧的城墙边，或者城墙内外，一些高楼已经在拔地而起，而在高楼的阴影里，古旧的四合院补丁般坐落在城市的角角落落。我们一些同龄的朋友，曾经就租住在这些平房中，白天是白领，晚上是居住在最艰苦环境中的闯入者。他们常常在下班后在街头漫步，希望从那楼房的灯光里看到自己未来家的模样。

西安是西部最豪华的城市之一，在那个时候还没有给刚刚毕业的学生准备好一个未来，也没有给刚刚入校的我们憧憬过未来，它老旧而学究气地承载着过去，脚步有些迟缓。

直到当我告别了它到了福建后才发觉，当时的西安已经和南方的城市有了近半个世纪的距离。它何时开始快跑我已经不知道了。最近有同学从西安来，说起西安的变化眉飞色舞，希望我回去重新认识一个新西安，我想十多年过去，也许西安真的变化了。因为我也变化了，变了很多。

平原上的城市

　　我喜欢这样的感觉，当我坐车穿行在平原上，从一个城市到达另一个城市，从一片树木转移到另一片树木，从路的这头就到了那头。眼前的景象平和、充实、井然有序。我是幸福的。我把我的第二故乡放到了这里——淄博。

　　这个鲁中平原上的城市曾经在13年前慷慨地接纳了一个流浪者，让他恋爱、失恋，让他兴奋也有沮丧。而现在全部是美好的回忆。报社过去的旧楼还在，那过去是邮政局的建筑，现在还依旧挺立。中心路，宽了，平坦而且结实多了；过去是郊区的地方现在突然车水马龙，高楼耸立，一些叫不上名字的路，可以用豪华和气派形容，因为它们实在太宽大，那在过去是没有的。

　　那座公园围墙被拆除，成了街心广场，自由穿梭中的人们，在画里，而那水是活的，人是动的，那画也活动着。

　　我将22岁到25岁的时光停留在这里，在我离开的时候，我的父母我的兄弟还有我的妹妹们也爱上了这个城市，他们幸福地留在了这里。所以，当我离开的时候，在我心里其实只是小别，因为父母在的地方就是故乡。

每次回到淄博的时候，我总是有些傻傻地在熟悉的街头像过去一样疾走，习惯了行走，我已经忘记了散步需要悠闲的步调，而我只习惯于迅速挪移。在外人看来，我是在急着办什么事情。在心里，其实我在寻找和这个城市熟悉的气息，寻找回忆。

这个城市里一些熟悉的事情总和一些人联系着。那些人走得很远，或者已经突然断了联系。而城市还在，因此气息和脚步还有过往的事件一一呈现。

这是个典型的山东城市，谦和好客，高手云集而且深藏不露。你可以在当地的晚报上经常读到当地作者不凡的作品，领略到经常举行的文学沙龙；你可以和一个其貌不扬的人谈绘画，谈收藏，而他懂得的比你高出很多，最惊心的是你根本不知道他究竟有多深；你可以看到那些充满书卷气息的年轻人，他们活跃在文学社，电台播音间；你可以听见那些醉心京剧的票友，他们在悠扬的夜色里，用嘹亮的歌喉把城市点亮了。

它从来不排斥异己。当年它惊人的宽厚和气魄收留了来自陕西的千名大学生。而现在这些异乡学子已经扎根并茁壮成长起来。

抱歉我来的时候总不是时候，常常当天就在夜幕中返回，那么多好友都在这里，我却不敢惊动他们。因为我的脚步过于匆忙。在离开淄博的日子，我的生活发生了很多事情，结婚、调整工作、成为知名记者、出书、上博士，现在我正好博士毕业。

我仍旧会时常来到平原上的城市，也许以后我会放慢自己的脚步，或许我会突然闯入你的家门，像过去那样提一兜水果说：我来了！而你一定还会像过去那样兴奋地说：啊，是你啊，快进来快进来。那样我们就对上了失散多年的暗号，和找到亲人一样。

海边那座城

　　现在，当我能安静地坐下来，用潮润的心情想起它时，我是幸福的。就如诗人汤养宗在我的博客上留的一句话：以后时间都属于你自己了！这是我长期以来追求的目标，现在我几乎达到了。所以，当别人为挣钱奔忙为了挣更多名利而奔忙的时候，我开始坦然，欣然而悦然地接受现在的选择：我是个基本自由的人。

　　我可以像余华羡慕的小城文化馆的人那样，整日在街头漫步，或者整日泡在书堆里。我可以肆意地看自己喜爱的书，而那些不喜欢的坚决不看；可以不再参加考试，结束拘谨的学生生涯。所以，我能这样安静而冲动地想起那座城：那座14年前的海滨城市石狮。

　　14年前，飘着雪花的春节，我离开新疆的父母到了福建石狮。当时是冲着深圳一家特大型企业来的，结果是没在深圳呆住，就直接把我安排到了当时石狮的分公司里当经理秘书。那是个繁华而奢侈的城市，充满了诱惑和混乱。那里的人都经营着自己的公司，小小的年轻人就有着上百万的资产。当时刚刚开放的城市，这里的人靠贩卖水货发了财，也给这个城市赢得了一个不好的名声：假货集散地。

那时候我几乎没有朋友，22岁，刚刚从大学毕业不到一年。我和公司的几个外地打工者经常坐在公寓的阳台眺望，有些无助，看不到方向。因为在那里，在一个遍地是财主的城市里，你会因为贫困而自卑，或者因为巨大的财富差距而产生幻灭。那时我们几个大学生的感慨是：学都白上了，和那些没上过学的员工拿一样的钱。感慨是：这样打工打下去，何时才能有希望。因为在面对百万千万资财的周围人，你会感到出人头地是痴人说梦。

那时候，大海是如此迷人。黄金海岸就在城市的边上，夜梦里能被潮水的声音惊醒，那海风轻柔地吹拂让自己有时候会产生浪漫的错觉：一个人来到这个城市，就算只为了这醉人的海风，也值得！

那些陪伴自己的朋友，那些至少陪你在夜色中畅谈的朋友，因为时间久长，早已没了音讯。而那些个日子里，在溽热的夏天，在孤单的深刻，他们青春而友好的笑脸突然就浮现在我眼前。想起，自己曾经爬到公寓的高处走动，后来从一个天井里望下去，一个家庭作坊出现在眼前，几十个童工爬在缝纫机前劳作，加工服装，然后贴上名牌衣服批发。那时候同情那些孩子，同时幻想自己能成为一名记者去为他们主持正义。也就在那时，几个同时好友鼓励我继续文字，将文学的梦继续做下去。

我当时干着不轻松的活儿，和他们一起，我们算是患难的朋友。而当我不辞而别的时候，我竟然没想到，这一走就再也没有见过他们。

也许，今年或者明年，在假期里，我该回到那个城市里去看看，找找青春流浪的影子。

高山仰止中的校园

　　读研以前还在工作的时候，我时常骑车停在山东大学校园的门口，那校园对我具有天生的诱惑，那时候我像羞于见公婆的媳妇，忐忑着，羞红着脸，我甚至不敢踏进那校园的门，即使有时候进去了，也清楚地知道自己仅是个过客，一个报刊记者，一个局外人。可我知道，我知道我内心深处是多么热爱这个校园。她是有过老舍沈从文的的校园，她是有过闻一多萧涤非的校园，而我因为热爱着文学也将她当做了圣地。

　　在职上研究生，经常听课的地方在文史楼的二楼会议室，导师孔范今教授每每在课间休息地时提醒我们前后墙上的"山大十七子"，我不知道当时是怀着怎样虔诚的心一笔一划地将他们的名字记下来，又是怎样用眼光去观瞻他们的照片：那时可以用"热切"两个字。如果再加几个字就是"非常"。于是，我忽然很庆幸自己竟然和这些现代的文化大家靠得那么近，兴许我借的图书里就有他们做过的眉批，有他们翻过的印迹。就像有一天一位师兄激动地说：你们看了吗，我借的书后面留着高亨的签名。

　　导师有时候会讲起那位冯沅君女士，那时候他总能看见她挎着筐去菜市场买菜。见到自己的学生总是笑咪咪地点头。他那样说的时候，已经进入了他的年轻时代，他记忆里的山大。

我忽然在那一刻想：也许多年以后，我对我的学生也会这样，怀着温暖的心情谈起自己的老师，他们凭着博学和优美的文字闻世，许多的后来人因为他们的文字和著作找到这里，来听我们讲他们的历史。那一刻是幸福的。那一刻我们虽然在讲人，其实连带着不可剥离的山大的传统，而他们很可能成为活生生的历史见证并将诉说。

后来，在工作10年后的某一天，放弃一切来山大读博士，住进了学生公寓。那时我切实地感觉自己是山大人了。我可以整日在校园里走动，出入久违的图书馆，从一个教室到另一个教室，从一场报告会到另一场，充分感受着百年老校的文化气质，我甚至总在心里说：也许哪里就有老舍的影子，哪里可以寻见沈从文的遗风。这带着些狂妄和迷醉的想法一次次在小树林里坚定起来，一次次让自己怀想着大师的丰神俊秀。并试图去做些什么。

为什么不呢？有多大的梦想就能走多远的路。

感受着浓浓的校园生活，感受着有经历的人生，我真的感觉到一个老校的朴素、专注和博大。就好像每天面对着一个人：他用并不威严地声音说话，他在说历史总归要让新的生命璀璨，也总归要将最美的记忆和经验奉献，来吧，我的孩子。

我因此爱上了你——我的校园，我的山大。

过　节

　　如果有人问我："过节不想家吗?"我不会说什么。因为这先就问到了我的痛处。"每逢佳节倍思亲"，游子更是这样，他已把满腔的思念寄回了家。家永远是一首乡愁的诗。

　　想家最强烈的时候自然是过春节。在这一段时间，我很怕去街上走。怕看见儿女陪着父母逛街置办年货的场景。怕眼中会生出亮亮的苦涩。而最难忘的也是在家度过的春节。从小到大，每到春节来临，父母就先一周时间忙活起来，而家里的孩子也要被抽调出来帮忙。扫房间，再是洗被褥，再后来就是上街买年货。记得买年货时，总是母亲亲自去，买得多了就拉上我和妹妹。爸爸和哥哥就在家里舞动文墨写春联，为今年的春节筹划几项大活动。比如串亲戚家需要买什么，家里尚缺什么。在年三十这天之前，年货及其春节应做的准备都该完成。而这一天，大清早约七点多钟，母亲就起床做饭，从洗菜切菜到做成各种风味，一直忙活到每年的春节联欢晚会开演。边吃菜，一家人边就把眼投向屏幕。就有很懂事的小妹扯起嗓子喊：吗，别忙了，快来看电视。母亲就端着新出锅的一道菜进来，答一声又扎进厨房。

后来，桌子上摆上来又撤下去统共不下三十种菜后，母亲才说：还有一个汤。这时算是三十晚上的菜基本上做全了。我便要煞有介事地举起酒杯说：大家为咱们的好妈妈干杯吧。然后笑嘻嘻地又带些不好意思的神情对母亲说一句：妈，这一年你辛苦了！

父亲是个很开朗的人，年三十这天，他和平日一样要帮母亲做菜。按他的话，他轻易不动手，但动起手来要比母亲好。所以，有些大菜，比如做鱼、做红烧排骨、做鸡，他都可一显身手，但对母亲的川菜，他这个北方人却是学不来的。

那年，我在家里过，母亲仍旧做出了三十几样菜。后来，我要离开了，母亲请了我的同学来玩，同学们眼见着母亲一道道的菜上来，都咂舌。这时我就和哥哥在一旁笑。

这时候，想起家，我才明白，母亲那时是在精心为儿子出门做着每一道菜，每一道都是她为儿子默默的祝福。而不善表达感情的父亲那时正在另一间房里帮我打远行的背囊。他那时心里一定喃喃地说：别忘了回家。

呼吸和触摸那些进行的脚步

命运是这样安排的，他让我降生在白雪皑皑的北方，让我在北风和沙暴中长高长大，让我的童年远离着关内城市的繁华和文明，让戈壁在大部分时间占据了我的记忆，可在我北方的记忆里却又结满了南方的果实，大面积稻田和葱茏的树林，青青的山水和树上会说话的鸟，那是母亲记忆的重复——父亲在把我们带到北方时，也带上了南方，因为我的母亲是个地道的四川人。那年我就去了南方，自认为自己还是有南方血统是能够适应那个环境的——我在大公司里当白领，我有些耀武扬威有些沾沾自喜，我甚至告诉远方的父母我如同生活在天堂。

但必须承认一方水土养一方人的说法。我很快就感到了自己和那块土地的差距，我很快发现在一个经济如此发达的社会里，我的言语我的行为是那么的不合时宜，我几乎成为周围人眼中的异类。当人们近乎熟练地在夜总会里挑选佳丽时，我像个偷了谁钱包的贼落荒而逃，当第二天被同事讥笑时，我开始怀念我的大雪我的沙暴我的大碗喝酒大块吃肉的兄弟姐妹——我在夜里对着北方深深跪下：神呀请赐我以力量吧，让我像北方那样无所畏惧——

我失去了依傍，我走在那块土地上脚下是松软的，是轻飘的。

当我在某一天，在北方的天空下回想起我的南方漂泊，我忽然发现自己对它的记忆几乎荡然无存。我试图写写它，但我找不到它哪怕一丁点儿的影像。许多年之后我不得不面对自己记忆中被遗忘的那块地方，我承认我不得不面对，这是迟早的事。我在问自己为什么没有写过南方，为什么那么怕写南方？

我最后只能固执地认定那是因为我是北方人——一个在戈壁荒野长大的孩子，他的视野中无法容纳狂噪和繁华，他需要背靠着大树，他需要经常地看见远山，他要走走戈壁，他要在旷野上呐喊。那是一种与生俱来的需要，是大北方所赐予的。是我真的就未老先衰了吗？真的要被"文明"遗忘？

女诗人石评梅在她《烟霞余影》一文中写道："惟自然可美化一切，可净化一切，这时驴背上的我，心里充满了静妙神微的颤动；一鞭斜阳，得得蹄声中，我是个无忧无虑的娇儿。"读到这段文字时，我好像给自己找到了一个理由和藉口，这样我就可以理直气壮地选择离开南方——我对人们说，活着不就是为了获得自由，当自己在别人的眼中荣耀着，而自己认为那是个牢笼，又怎么能说是幸福。离开北方我实际上是失去了我的自然之本，离开了一种氛围，一个源泉，如同树木离开了土壤和河流。

真的，当端坐在北方的城市角落里，我知道我到哪里都可能是个陌路人，但我找到了熟悉的气息。泥土的沙滩的落叶的……那是属于我的呀。

激情而快乐的时刻

　　2007 年，5 月 11 日从河南赶来的女诗人蓝蓝到了，她是新世纪十大女诗人得票最多的诗人，也是第一个到达济南的人。中午报社老总邀三两个诗人一起陪蓝蓝吃饭。印象中的她干练沉稳，荣辱不惊。于是吃着饭，我脑子里满是关于她的一些著名的诗句。当晚，报社为所有到达的女诗人们举行了大型欢迎酒会。12 日中午是"新世纪十大女诗人评选暨女性诗歌研讨会"，这次把来的九位女诗人都看全了。有李小洛、荣荣、安琪、鲁西西、海男、蓝蓝、林雪、娜夜。路也因为在美国访学，没到。在受邀到场的评论家里见到了 10 年前就认识的首都师范大学博导吴思敬先生，见到了很长时间没见面的张清华教授（他已经从济南离开，到北京师范大学做了博导），见到师兄施战军，孙基林教授，耿建华教授，袁忠岳教授等。《诗刊》社主编叶延滨先生也是 10 年前见过一面，这次也亲自到场。诗人林莽先生已经是见过多次的老朋友了，他曾陪食指先生多次来济南参加关于食指先生的大型诗歌活动。《诗刊》社每年的公益活动"春天送你一首诗"活动就是他亲自负责并实施着。

研讨会很沉闷，因为严肃同时因为时间短促，大家都在匆忙发言。我觉得这些为了诗歌而坚守精神高地的女诗人是战士是勇士，比我要英勇！

酒会上大家才放开来。互相开着玩笑。那时候大家才互相辨认出彼此的姓名。可见开会是多么紧张。都有些相识恨晚。因为朗诵会的转天，她们还要赶早班飞机到福建晋江再接受一次隆重的欢迎。

朗诵会在城市郊外的山东建筑大学新校举办。很隆重。因为大多是市级电台的主持人在朗诵，拿腔弄调得已经让诗歌走了味，可还是尽可能去听，去聆听文字本来就有的声音。很久没有听见过那么多人朗诵诗歌了，心在会场上空飘荡着，醉而未醉。

临上车的时候，鲁西西才知道我是谁，她很真挚地说：我非常喜欢你的诗歌，真可惜现在才和你人对上号。而也就在临走的时刻，我向李小洛澄清了一个误会：曾经因为不小心将李小洛发给我的 QQ 邀请拒绝了，那次是因为要点"接受"不巧点了"拒绝"。李小洛笑着说：是啊，被拒绝了，好没面子。我们交换了名片就此别过。想起一年前见过的安琪看到我时的诧异，她竟然没认出我，后来她说：因为你头发长出来了。这才想起一年前我曾经剃着光头。这些诗歌的姐妹，一走不知道是多少年，相见何期？

短暂而紧张的相遇然后匆匆地告别。幸好，她们的诗歌早就存在我这里。那定是一段最美好的回忆。

林莽先生在吃饭时对我说：你恐怕是最勤奋的诗人。我看着他一时不知道如何回答。我情愿把那样的话作为一个长者对后进者的鼓励。

户　口

　　户口是什么？它是一个证明，是一种确认，好像一个荣誉，又好像一个身份的象征。它好像从出生起就和你如影随形，然后就要影响你的一生。多年的漂泊生涯，这是户口最初给我的印象。

　　那时候，我曾经想：如果出生在北京上海该多好。

　　那时候，我刚刚从大学毕业，1992 年。那是个还不算很开放的年代。大多数的招聘广告上都一律注明了一条：必须有本市户口。那时候，一个人工作的地方就是他户口所在地。没有多少人会放弃自己的户口到别的地方去，在他们看来，一旦户口和自己脱节，那就是盲流。那一年大学毕业，我本来已自愿到最西部的城市喀什大学任教。那时候有深圳的一家公司来函，希望毕业到他们公司任职。出于对南方生活的向往和对当时大学任教生活的迷茫，我去了深圳。9 个月后我选择了离开。其中不无一种恐惧：我从一个正规大学毕业，最后却要成为一个盲流了。因为那时候南方已经打破了地域的限制，大批招聘人才，但在我当时的心中，户口不在当地的现实是不能承受的重。首先和当地人说话就没有了信心，更不要说当有人要给你介绍对象，听说户口不在当地时，媒人惊讶和鄙夷的表情所带给你的刺激。

我有时候想，上天给了人们平等生存的条件，却要让他们从出生就有了巨大的区别。我出生在新疆边远的小城阿克苏，记忆中这里的人如果要离开必须考大学出去。那些考不上大学的就注定了回到原籍。而我那时候又碰上一个规定：除非特殊情况，新疆考出去的学生必须回到新疆。我是大院里少有的几个考上内地大学的孩子。当身份证上有了西安户口的证明时，我心都要停止跳跃，因为兴奋的缘故。然后就是面临毕业回到新疆去。那时候我怎么也想不通，连老师同学们都想不通，为什么会有这样的规定。如果人才能找到自己真正能发挥才能的地方不是很好吗？为什么一定要用地域来限制呢？

我记得当年，许多从西北考来的学生毕业时都痛苦万分。因为许多人要被迫和自己心爱的人分手——因为分不到一起，因为他们的户口需要他们回到原来的省份去。那时候我们还年轻，我们多么幻想有朝一日，大学毕业了，大家到愿意去的地方发挥自己的才能；那时候我们把这种幻想全当作一个遥远的梦。而现在这个遥远的梦已经成为了现实。10年只是一瞬，而10年却让人感慨万分。

从南方漂泊到了北方，为了解决日日困扰自己的户口问题，我终于通过单位办了调动，费了九牛二虎之力将户口迁到了山东。随后不久我因为工作的变动，到了济南，而户口就留在了淄博。在一段时间里，户口问题总像鬼魂一样纠缠着我，比如想到以后结婚以后孩子上学等等问题。同样在几次的恋爱中，户口也成了女方考察你的一个硬件：好像不是本地户口就不让人放心。而这种不放心也让你时时感觉自己就是个流浪汉。总有寄人篱下的感觉。

好在我结婚了。没有本地户口并不是什么大问题。后来我听说户籍已经放开了，孩子的户口随父母哪一方都可以，不受影响。再后来知道户籍制度有望改革，不会过分限制人的发展了，连北京这样的大城市为了吸引人才也在大胆放开户籍管理呢。我对户口的恐惧也稍稍减轻，日后还有过一些可以迁户口的机会，自己竟然已经懒得去迁了。

过去几年我总能从广东人北京人上海人的口气里听出地域给予他们的自大和自豪。而现在五湖四海的人凭借他们的才能闯入时，当地人的自大里已经多了尊重和谦和，这多少透露出这个开放时代带来的生机，也看出了这个时代的包容和进步。

后来我考上了山东大学博士，按要求我的户口需要迁往山大。看来这么多年的漂泊，这个外地人真的要给自己贴上一个济南的标签。尽管这个标签的意义在现在已经不大，但我依然记得它这 10 年里给我带来的那些沉重。

北　京

　　如果从字面上理解就是最北的那个京城。但因为是首都，我们从很小就先入为主地知道它。"我爱北京天安门，天安门上太阳升。"当时哼着这首歌时，一直以为太阳每天都是从天安门里出来，晚上就像下班的放学的大人和孩子回到天安门去。太阳那时就代表了我心中的天安门。大了真去北京了，一下火车就见到了别的城市没有的人——人山人海。各种各样的五湖四海客很大方地喝三吆四，好像到了北京就到了自个家了，撒烟的撒烟、喝酒的喝酒，就在车站前进行起来。他们的目的性和到广州上海的民工不一样，不是直奔工厂而是直奔天安门，这是我们的首都，大家的北京呀。

　　于是我看见了各种各样的饭店和小吃铺在车站立着，像大酒店门前的门童，一下车就会被迎进他们的生意圈里。口音是北京口音，但间或有四川和河北的土腔土调。就问是北京人吗？大哥呀，管这些干嘛？正经让你吃了舒服喝了放心还不行吗？难道北京的钱非得北京人挣吗？

　　上了地铁，当时没有几个大城市有这玩意儿。上去就舒服就旁边看看像观察敌情，头一回到北京都这样。因为你会马上被爆米花一样盛开的京腔京调包围，一律地好像嘴里嚼着块啃不烂的牛肉，话语被舌头和肉堵着，穿出来的就只有声音了。害得你很快就不知不觉在问路和打听事情时也把舌头不自觉地当肉嚼，很怪马上出味了，就有人问你在北京几年了。

北京的街头看不到低头走路的，如果看见有低头的那一定是个要苦读外语的学生。所有的人尽可能高昂着头，远远看一个一个都是向日葵。

其实北京就像个灿烂的葵花，吸引着所有的目光，也让许许多多来此的人不知不觉地受到她的感染，至少像她一样挺直了身板——这时广东人的自傲在坦荡的向日葵面前也会荡然无存。我爱北京天安门。

铁轨……方便面

　　让人想起了意象派诗人的一句诗：如同一枝湿漉漉的桃花。这是在有人的时候，更多的时候，铁轨横七竖八地躺在那儿如同孤寂的醉汉，是深冬的桃枝。汽笛声声每天不止百次地与其调情，仅仅是调情而已，车来了很快就走了，只留下一片狼藉（这是个再恰当不过的形容词）和滚滚的烟雾——让人时时怀疑一生难道就这样永远是大雾漫漫。

　　难得的寂静，铁轨立在清晨，像刚出了远门，像个午夜的狐仙鲜亮无比，柔软的曲线吸引远途的路人。

　　方便面真正的名字应叫懒汉面，它让人不得不想起民间中关于懒汉的故事。说有一个懒汉从来不会做家务，老婆要回娘家，怎么办？想出个办法是做了很大一个饼套在懒汉的脖子上，饿了啃一口。但故事的结局是懒汉最后还是饿死了。原因是懒汉只是吃完了靠嘴边的饼，他懒得用手再吃其他部分的饼。方便面使许多懒得做饭的人找到了最好的帮手——吃方便面有几大好处：省时，省钱，关键是省劳力。但已经有的人大喊吃够了方便面了，怎么办？活人还能被尿憋死？还会有更可口的面或者其他食品出现。而文明似乎就与如何使人更省力省时紧密相关。由方便面派生的各种方便食品正热浪滚滚，人类也对此趋之若鹜。再过半个世纪，这种场景是一定的：再没有炊烟从屋顶升起，再没有农贸市场的繁荣，挎着菜篮的少妇已摇身一变成了整天和丈夫孩子吃真空包装食品的懒婆娘。

　　好处是，男人们有可能觉醒：走进厨房，做一个让美食返回厨房的表率。

艺术和生活

流亡的人：但丁

9岁的但丁在宴会上看见了佛罗伦萨富商福尔谷的女儿贝雅特里奇，立刻被她的天真美丽、高贵闲雅吸引住了。从此以后"爱情做了我灵魂的主人"。但她不知道但丁对她的爱慕，21岁时就嫁给了别人，25岁就不幸病逝。

在贝雅特里奇生前，但丁把自己的情思化作奇丽的文字，写成一首首饱含恋情的诗篇。他赞颂贝雅特里奇的秀美、纯洁、端庄、高贵，抒发自己对她的思恋、崇拜、爱情。

在《神曲·天堂篇》里，贝雅特里奇充当了但丁的引路人。在她的引导下，但丁才得以进入天堂，来到上帝的面前，窥到"三位一体"的神秘。

但丁特别喜欢大街小巷和下等酒馆中流行的语言，认为这种语言讲述他们的所见所闻，抨击罪恶，谴责贪欲，表达高尚的情操。他的许多诗歌都是用通俗语言写成的。

1300年6月至8月间，但丁被推举为佛罗伦萨的六大执政官之一，从而开始了政治家的生涯，同时也踏上了不幸的命运之路。

他是一个知识博大精深的学者，通晓哲学神学天文地理算术几何，也熟悉历史。他是一位闻名遐迩的诗人，人们四下传颂着他的情诗。

但丁面对的政界仕途并不像他想象的那样美好，而是一条充满阴谋狡诈妒忌野蛮和残酷的路。

他的政治热情把他带向了惨遭放逐的苦难边缘，一生将面临漂泊异乡的悲惨命运。

39岁时候的但丁穷困潦倒，孤苦无依。政治理想已成泡影，重返佛罗伦萨的希望已经幻灭。出路在哪里？但丁必须对自己的命运作出抉择了。这时候，历经失望和苦难的诗人的天才被激发出来了，但丁产生出写作的强烈欲望。在流亡的生活里，他在作品中极力宣扬道德上的自我完善和宗教上的个人努力，以此作为个人解脱和改造世界的途径。

他是一位政治上遭遇坎坷的诗人，颠沛流离的漂泊生活没有遏止他高昂的战斗激情。但丁在流亡途中、在痛苦中写作，在忧愤中悲唱，一生不向命运低头，表现出伟大而高贵的人格。

为梦找一个家

如果一个人能够确切的知道活在这个世界上，
自己能够干些什么，干成些什么；
能够明白命运就在自己手中，而且从来就没有放松过努力。
那么他可不可以算是一个成功者。
如果算那么就请读他的文字，关于一个普通的打工者的故事……

1992 年 8 月，我从陕西师大毕业，作为当时的优秀毕业生，我可以选择好的地方，但我选择了最偏远的喀什开始了我的西部漂泊。那时只有一个单纯的想法：在新疆长大，对新疆几乎一无所知，那将是一生的遗憾；另外，我不是要成就一个文学家的梦吗？西部那地方还没有多少人写过，让我去描绘她，留下一部不朽的作品吧。于是我就去了。当父母亲看我回来时，他们几乎没有什么喜悦——哪一个考出去的孩子不是为了留大城市，我可好，非但不留大城市，而且还选择了到离开家 500 多公里的偏远城市，他们无论如何也想不通。

那年的夏天我成为了那所大学中文系大学三年级的一名文学教师，也成为那所学校师生们议论的焦点。他们怀着对我的尊重和不理解，怀着几分疑惑。当有一天，当我为中文系的学生教授现当代诗歌时，我为一千余人的礼堂爆满而感动，我知道我的选择是对的，因为我拥有了尊重和价值。而半年后，我却选择了离开到遥远的南方去。因为在半年的时间里，我发觉现实与理想相差得太远。生活的不适应、语言的不通成为我主要的障碍。而且这里的报纸总是要晚两到三天才到，校园信息的闭塞使得自己突然之间好像被外界的世界抛弃了。想一想吧，那是在西部最偏远的地方，地图上几乎难找见的地方，坐车到省会的乌鲁木齐就需要3天，想想就可怕。最难过的是，那个城市和自己向往的那种繁华和文明离得不知道有多远。按照当地人的话，这里至少比口内（新疆人指内地）落后了半个世纪。那年的冬天，正好是寒假，我决定离开。

我的离开是有些机缘的。在我大学四年级的时候，我在西安的《女友》杂志发了几篇文章，当时的责任编辑留下了简历和我的照片。不久我就收到了来自全国各地的读者来信。其中有一封信是深圳来的。当时那位写信的朋友说：不知道我能不能到深圳工作？那天我在日记里这么说：现在的南方正是改革的大前沿，为了成就你当一名大作家的梦，你应该到那里火热的生活中去，做改革大潮的见证者。

决定既然已经作出，我决定在这年的春节就去南方。这对父母来说简直是晴天霹雳。他们当时想儿子既然已经到了新疆，就承认这个事实，好在他还在大学教书，工作生活还算比较稳定。而一旦一天我要放弃一切做一个不吃国家饭的人，他们简直受不了。"那样我的儿子不就成了盲流，那四年的大学不就白读了。"不行，他们死活都不同意我的选择。

同宿舍的两位朋友决定和我一起出去闯荡。这样父母亲才勉强同意我的选择。临近出发了，两个朋友没有来，来的是他们的家长，他们认为我的选择不对，建议我一个人先去探路，他们的儿子随后再去。这样一来，我的父母就坚决不同意我一个人走了。

那是个大雪飞飘的日子。我不顾父母的再三劝说决定出发。母亲开始为我做衣服买衣服，开始为我织毛衣，她好像要把我一年四季的衣服都要准备好。父亲则开始为我打背包，所有他们认为我能用上的东西都给我打进了四个行李里。临行前的那个晚上，我的心情突然沉重起来，那时候不知道怎么的，突然觉得自己好像这一去就将永远不再回来了。鼻子有些酸。但我还是强作镇定地听着爸爸妈妈最后的叮嘱。朋友老师都来给我送行。那时父母的话

2003 年在山东大学读博士

少极了。我有些不敢看他们的眼睛。连日来的准备，让他们清瘦了许多。好像只在一夜间，我发现父亲的头发白了。

几天几夜的火车带我到了深圳，很顺利地我就进了一家房地产集团公司做了综合秘书。那时我在想我的人生开始了新的一页。我拼命地学习房地产业务，学习文秘写作，在此期间我抽空也写写诗歌，但很快就被主管的领导发现，给了我严厉的批评，他认为我那是不务正业。"多少人想到我们集团还进不来，你可好，还有闲心写什么诗歌。"我就放弃了我的文学。我想先不要写了，等生活阅历增强了，有了条件了再写吧。由于这是家机关似的集团公司，我很快就对单调的工作和生活厌倦了，我不愿意整天跟在领导的身后去写什么会议记录，不愿意看谁的脸色。我想为了我的文学和我的尊严，我不能在这家公司干了，就跳槽到了深圳一家自行车公司，还是秘书角色。

我当时写信给家人说：我几乎生活在天堂里，住的是公寓，衣服有人洗，卫生有人给清理，生活得很好。在自行车公司的一个特点是公司都是年轻人，充满了活力，但就是经常出差。不过我在下班以后继续我的文学创作没有人管，我就满意这一点。

在公司时间长了，和员工也熟悉了，知道这家公司基本就是一个家族企业，别看那些孩子才十几岁，他们家家都很有钱，到公司上班就是玩。每天最多的是到歌舞厅里包小姐、唱歌。刚开始我出于好奇，整天跟着他们玩，后来他们走到哪里都在说：你们知道他是谁吗？大学生，在我们公司打工呢。那时我知道，我成了他们的一个招牌和摆设。

他们常常问我的就是：新疆有多远？西安好还是这里好？你上大学干什么呢？上了大学还要到这么远的地方打工，挣这么点钱。你看我们小学三年级都没有上完就做生意了。现在不是也很好吗？

那一天我独自在那个小城，繁华的小城里漫步，我想找到一个书店，我想我是不是真的错了，我都在干些什么呢？我必须找到一个书店，只有从书里我才能找到力量。全城的书店里没有我要找的书，书架上全是最实用的工具手册。文学，那些让我着迷的文学书籍难道会在这里消失，难道真像他们说的这个时代搞文学简直就是一种奢侈？

9个月，在南方的浪迹，我没有找到和维护住我的文学。我的尊严在金钱和财富下面成了一个心甘情愿的俘虏。

我必须离开。

我的离开其实是想选择逃避，我想回家。只有在外漂泊的时候才会感到一个人的无助和寂寞。我想：还是回去吧。不要死要面子活受罪了！

车经过济南站的时候，我却下了车。

现在说起来是一种命运的安排。因为当看着许多人往车门走的时候，我有一种冲动，我想山东不是有我好多的大学同学吗？我为什么不能到山东试一试。

我到了淄博。进了一家刚刚成立的报社。在那家报社一干就是四年。这四年期间我走过三回但最后都回来了。促使我连续返回的原因是，我认为这个世界太大了，真正属于自己的世界其实很小。每个人到那里都只有一个自己的圈子。你只能在这个世界里干自己的事，而城市的大小和繁华与个人无关。

我在想我不能再漂了，我至少要让自己稳定下来，至少让自己的户口和档案过来，虽然这只是个形式，但对远方的父母那是一个定心丸，一个慰藉。

我在想我在这个城市再不好，我至少还能养活了自己，至少我还有充足的时间进行我的文学创作，走近我的梦。

我在想：你不是一直想要一个属于自己的小屋，一片安静的地方吗？现在在这个虽然不如意的小报里你都有了，而且你还拥有那么多的同学好友，他们都能挺下来你为什么不能呢？

于是四年的时间，我开始了我真正意义上的苦行僧般的创作。我的文章不断地在全国各地的报纸上发表，读者的来信雪片一样从四面八方传来。甚至上班的时候，还会有慕名的读者来拜访。这其实都是一些很虚荣的东西。但在当时的我，那无疑是最大的鼓励和鞭策。我在那时候写下了40余万字的小说、散文和诗歌，也在那时候为自己今后坚持走文学之路作好了铺垫。在后来的日子里，当我稍微松懈的时候，我都会在心里提醒自己：不能放弃，最苦的日子你都过来了。

当时去过我宿舍的一位作家曾经在报纸上写文章说：我明白马知遥为什么能写那么多文章了，他那地方冷呀，冬天没有暖气，他腿上就盖一层毯子就不停地写。所以出手也就快。

我考上省报纯粹是一种偶然。当时我在的那家报社已经给我分了房子，也解决了我的户口和档案。我想我该成家了。有一天，到同学的办公室玩，同学拿出当天的报纸说：省报正在招聘，你去考考，说不定就能考上。我说：我的水平不行，你没有看这是从全国各地公开招记者编辑吗？况且我的爱好也不在新闻。但考试那天正好是星期天，同学们说权当陪太子读书，我们几个一起去吧。结果，我们去的三个人，都考上了。这在当时同学中炸开了锅。也让已经习惯了在一个地方生活的同学们有了再次闯荡的念头。也许那该叫做希望。

大报在外人眼中是一个高不可攀的单位。说起来是省报记者，好像那就是一种身份的象征，是一个社会地位。说实话，刚开始我确实有点飘飘然的感觉，感到自己终于找了自己的位置，从此可以出人头地了。也逐渐习惯了被采访单位恭维和高接远迎。有一段时间我几乎没有再写过与文学有关的一个字，熟悉我的朋友们就问起来，你怎么进了报社条件好了却不写东西了呢？我无言以对。

不久，在一个个周末的夜里，我开始了失眠。我在想我这一生就当一名优秀的编辑不好吗？为什么心里总有些搁不下的东西。我的那些文字在当今这个充满了物质诱惑的世界里能有人看吗？放弃她吧，好好享受生活！

当时好像心里想通了。但过不了多久，我那个想写作的冲动就出来了，就忍不住要写些什么。可忙忙碌碌的日子让自己无法完成大的写作构想，那些报纸上的瞬间的灵感不能称作文学作品。有时候重新看看那些自己急就的文字，心里就紧张惭愧。难道就这么轻易地放弃自己的梦了，甘心吗？

那么你这一生最想成就的是什么呢？我问自己。一遍一遍地问。

最后有一个肯定的声音在说：我的文学。

那么文学能带给你什么呢？快乐！

人活着是为了什么？寻找自我寻找真正的快乐。

我说服了自己，我决定放弃那让人羡慕的大报记者位置重新选择。

那时，济南当地的晚报，也就是《济南时报》副刊部刚刚成立，需要合适的文学编辑，我听说后就去了。很快就上了班。那可以说是我的一段快乐时光。报纸的工作不累，尤其是文学副刊，因为和创作紧密相连，所以干起来得心应手。我经常组织自己的版面，策划一些文学征文，结交了一批全国知名的作家学者，并且和他们交成了朋友。如果说我在时报得到了什么，那就是让我从许多来稿中看到了文学的希望，从众多著名作家那里懂得了文学的价值和自信。我想：我该走这条路，而且应该走得很远。

大报两年，时报副刊又是两年。在时报副刊工作的时间我创作了自己的两部长篇小说，当时得到了上海文艺出版社编辑修晓林老师的鼓励和支持，对我的作品他总是不遗余力地给予推荐和发表。并且还邀请我作为当时山东省"70后"作家的唯一代表参加了在上海召开的"小说界"作家笔会。除了小说，我还写了大量的散文和诗歌。并出版了散文随笔集《走遍天涯》，但随着创作的深入我渐渐地感到自己知识的贫乏，感到自己理性思辨能力的缺失，我知道我需要充营补养了——我需要有段时间的学习和思考。一个人如果总是在写而没有新的创作来源、没有思考的时间，那他不会走得很远，而且也会导致生命力枯竭。既然我选择了文学这条长路，我就要坚持，并不懈地追求。

于是在1999年的6月，我辞职开始了研究生考试的复习。我报考了山东大学文学院的现当代文学。考研最难的是英语。我毕业已经8年了，英语已经淡忘，捡起来太难了。可那时候我心里有一种信仰：我一定能行我一定会考上。为了我的梦，为了成就一个博学而多产的作家之梦。

1999 年的夏天，济南的夏天，那是济南多年来很少见的酷热。在我租住的东八里洼的一幢宿舍楼的六层，我开始了汗流浃背的攻读。天气太热，我每天选择在清晨六点的时候出门，到邻近的英雄山上读书。英雄山上的一排排高大的松柏成了我最好的凉荫。常常在喧嚣的蛙鸣和虫唱中，我一坐就是一天。每天的功课都严格地安排着。有时候我会铺一个席子在中午疲倦的时候躺一会儿。那时候我看着头顶的天空感觉自己是坚强的。时间长了，经常来山上晨练和遛鸟的一些老年人都认识我了，每当我在读书的时候，他们都在附近下棋或者小声说着闲话。好像算着我要休息了，他们就踱过来和我拉话，问我多大了，准备考哪个学校。他们以为我是个高考的学生。当他们听说我是报社的编辑现在辞职在复习考研究生时，个个都有些不解：他们说你干吗要辞职呢，上着班考不行吗？报社那么好的单位你怎么就舍得辞掉呢？

后来我就不去英雄山了，我呆在自己的小楼里，电风扇日夜地吹着，我光着膀子苦读。那时我总能抬眼就看见不远的千佛山，遇到雨后初晴的时候，那山异常的清洁明丽。我有一种冲动，哪天一定骑马上山，我想起了一句诗：打马上山，从此我做一个自由的人。

是啊——人如果能够按照自己的意愿做自己想做的事情，不是一个幸福的人吗？

那些日子我没有了一点收入，全凭自己几年来的积蓄生活着。简简单单的伙食，自己买菜自己做饭，苦吗？没有感觉到，心里只有一股豪迈。

一个人苦读，而且放弃和外界的任何联系。而且在一个自己熟悉的城市里。当在我 8 个月后的某天，在考完试后出现在朋友那里时，他们头一个动作就是真诚的拥抱，几双臂膀紧紧地搂在一起时，我几乎想哭：朋友们没有忘记我的存在，他们一直在惦记着我呢。

研究生发榜的日子在今年的春天，春天里我得到的是一个残酷的消息：我的政治考试差了4分，落榜了。听到这个消息时我几天都无精打采。谁说付出总有回报呢。我把自己锁在自己的小屋里，一遍一遍地自责着，同时也感到了命运的不公。

对着自己的那些课本，我说一切从头再来吧。但从头再来需要生活的保障，我不可能再向家里人伸手。因为两年前我的父母已经退休到了山东，我辞职考研的事一直瞒着他们，我怕让他们平添许多的担心。现在我也不能告诉他们。我决定找一家工作不繁忙的单位，边打工边学习。申请在职研究生学历。5月，我参加了全国在职研究生英语考试。全班同学中只有我一次通过，考了高分。那就意味着我明年这时候通过了毕业论文答辩就可以拿到硕士文凭。当研究生班的同学们羡慕地说：马知遥你英语真好呀。你太幸运了可以提前拿到硕士文凭。你知道吗好多人因为英语过不了都纷纷放弃了。

我的硕士导师，山东大学文学院博士导师孔范今教授说：小马，你那个夏天没有白用功，你的英语上来了，你可以考虑考博了。那时候，我的心里突然有些阻塞：是眼前这位长者，是他在那个夏天经常向我送来无穷的鼓励：年轻人，考吧，一切还来得及。他给一个一名不闻的学子给予了他最仁爱的关怀。我想想还有什么关爱能够比过一个长者对一个落难孩子的鼓励呢？

经过一番努力，2000年5月我顺利通过硕士答辩，并且有幸成为新山大的头一届毕业生，而且彻底地辞去工作做了一名自由作家，每天看书写作，然后为博士考试做准备。我在想，人的一生就是不断舍弃一些而得到一些的过程。当我知道我一生最应该为之献身的事业是什么时，我就明白了我活着的意义和价值，那样我就不仅仅是生存着，而是生活着。

文化是城市的灵魂

　　一个城市最有魅力的地方是什么？是摩天楼，是时尚和潮流，是富足的生活？都不是，一个城市的魅力在哪里？当我们静静地回想那些给你留下印记和影响的城市，你好像突然间知道了什么在吸引你。你当然明白"文化软实力"的重要意义。

　　1

　　当一个人做好了要看世界的时候，他老是这山望着那山高，无法停止行走的脚步，那时候他没有心思去回想眼前城市的好，相反总有许多抱怨。他觉得眼前这城市天空总是那么灰暗，气候总是那么恶劣，环境总是那么肮脏。而当有一天他累了的时候，他会发现自己那么怀念那些已经走过的城市，那时候他发觉：城市再大，属于自己的其实也只有那么一块：熟悉的朋友、工作的单位、自己的亲人。繁华都不是我们自己的，那些吸引你的却是这个城市的性格、她的故事、她在你身上经历的回忆，而这些都可能成为一种文化印痕，成为一个城市在一个市民心目中的魅力。

　　我想起淄博这个城市的时候，总要想起一个人，他是山东理工大学的教授，我们已经很多年不见了，当年我一个人来到这个城市的时候，经常和朋友去拜访他，许多年过去我们依然能记住他当时给予我们的关怀，他说过：人一生中要认清哪些是利益哪些是诱惑，当把这些东西弄懂了，我们一生就会少很多波折。几年前他退休了，回到生养他的山西老家，虽然自小在城市里长大，他却在山西的乡下买了房子，想着每到暑假可以到那里过段乡村生活。这多少让我们感到意外，因为一个人在老年时回到生养他的地方是自然的，买地置屋情有可原，但他可是在城里长大的啊！所幸的是这位叫郝培业的教授把回乡的感受写成了一本随笔，由在复旦大学上博士的儿子装订了六册，每个儿女一册，当我数月前回淄博探访他时，他留给我一册。我从那些文字里突然读到这样的意思：站在门前的山坡上，他就可以望见外婆家的院落。而当他到这个陌生的村落走动时，所有村里的人都在友善而自豪地指点：这是郝家的孩子。他实际上是在寻找属于自己的根。而这样的寻找来自一个人文化上的自我认同，所谓认祖归宗。

七八年不见了，郝老师已经不复是当年那个健壮的中年人，华发结满头，但声音还是过去那么年轻。他看到我们的时候有着抑制不住的激动，而同样我从他的眼神里看到了过去我们在这个城市奋斗的光景。这是这个城市给我们留下的文化记忆。

所以，当郝老师将家中仅存的最后一本打印的《回乡随笔》交给我，并语重心长地说：你是文化人，我觉得你能懂得我的文字时，我感受到的是一个文化长者对后生的期待。在他眼中，也许没有什么能比得上文化的传播和继承更有价值。

2

淄博作为鲁中的名城，有着它的文化性格。它有自己长久的历史，齐都、天下第一店、丝绸故乡、陶瓷之城、聊斋故里。你可以找出很多和它配套的称呼。但那些都已经是过去，它们已经成了某种文化的积淀潜移默化地渗透到这个城市的人文环境中。而切实地和当代人相联系并要长久产生魅力的，一定是这里的文化。文化不仅仅是历史的声名，更有小到俗世的生活点滴。

就拿称谓说。这里的人称呼所有的人都是"老师"。儒家文化中尊师重教的思想延续几千年，在这个城市里尤其明显。一声老师，拉近了所有人的距离，多了几份尊重和谦卑，而在众声喧哗的年代里，谦卑和对他人的尊重显示出的是一个地方文化的宽大和包容。所以，20世纪90年代有那么多大学学子毕业来到这里，并长久地安家落户，现在已经成长起来。一个城市的文化不仅只是传统，更有继承和传播传统的当下。而承担这样责任的莫过于一个城市的大学和媒体。这个城市的大学还很年轻，但因为年轻它就有可能将最优秀的文化最及时地传达，就可能产生最优秀的人才。我了解这里的媒体。这里有着对文学执着的追求者，大批的写作队伍，这与这座城市的一家报纸有关：《淄博晚报》。从1993年认识这份报纸到现在，我一直知道，这里的副刊一直坚持着纯文学的品质，大批的文学青年从这里放飞梦想，包括我自己。其实一家报纸不仅仅是新闻，更多的是对这座城市公民潜移默化的影响。没有一家成功的报纸会忽视副刊的重要作用，20世纪许多伟大的文学家都起步于报纸副刊，最终成名成家，而中国报纸的发展历史则鲜明地让报人意识到：副刊从某种程度上是在提升一个城市的文化档次，他是一个城市的文化形象乃至代言者。而报纸副刊质量的高低又取决于副刊编辑的素养，他们更多是要将人文关怀、对爱和美的无畏追求、对丑恶的坚决反对，表现为一种立场和精神。

3

每个城市都有自己的文化地理，都有自己的精神镜像。它不能仅仅表现在有图书馆、有自己的剧院、有自己的报纸、自己的大学。虽然这都是文化必不可少的版图。"文化"两个字含义的真正实现，在于精英思想的长期传播和坚守。

做到这些，需要的是一个城市市民们对思想的尊敬和崇尚。

4

在一个诗人被作为网络集体恶搞和鄙夷的年代里，我依然想做个诗人，而一个诗人要将自己的自信和纯粹保持到最后，不能陷入个人的小伤悲和自然的雪月风花中，也与媒体和城市市民整体的阅读能力有关。我在想，所有的艺术家都有一个小小的野心，他们都在梦里看到了自己倾注心血的作品进入了博物馆。而现在他们的所有创作，美术的、音乐的、戏剧的、文学的都将成为一个城市文化的见证，成就一个城市的品格，提高一个城市的含金量。从这个意义上说，建造一所高校、投资一家博物馆要高过建造几家工厂和企业。

那些试图留住文化，并为文化服务的人也值得敬重，因为他们意识到了城市最后的竞争是文化的竞争，是文化实力的竞争。"软实力"最后仍旧要落实到所有的知识分子身上。抓住了文化，也就抓住了一个城市的灵魂。

我和她的小故事

　　几年前，还在省城的某家大报做编辑，那时候我总是很早来办公室看书写作。很晚才离开。我早出晚归的身影引起了一位大报编辑的注意。就有一天，他问我是不是没有对象？然后就说他有个亲戚很好，小姑娘长得很可爱，而且很懂事。当时他还很郑重地说：你一个人应该在当地成个家，这样才有安稳感。我知道我要结识的那个姑娘是济南的姑娘了。我们就在3年前的夏天相识。然后我就离开了大报，到了省城的一家晚报类报纸当副刊编辑。然后我告诉她：不合适，因为她年龄还太小。那是个太天真的孩子，而我需要一个能和我有共同语言的人。其实，想想当时的想法，我也很天真——我一直认为成家不能太早，男人一定要以事业为重。所以，在心里总以为谈恋爱就意味着花费时间和金钱，觉得自己那时候还没有谈恋爱的资格：我幻想着有那么一天，自己功成名就，我把自己的家布置得如同宫殿，然后隆重地将我的新娘迎娶。那时候我义正辞严而且振振有词：现在谈恋爱其实都在注意功利性，我因为一无所有我就想找一个能依靠的；而姑娘因为自己条件好，她就会用优越的眼光挑剔我，这样成就的恋爱很不踏实，即使成了也都有很大的功利色彩。

听我说的人，感觉我说得有理。可他们早早就成了家。成了家的他们告诉我：应该结婚了，因为姻缘就是一个缘分，千万别错过。

但我固执地认为：我的条件不成熟，我宁可不找。有时候在朋友的再三劝说下谈了几次恋爱，不是感到对方干扰了自己的创作，就是对方感到我没有情趣，都罢了！

去年的夏天，因为感到自己急需要重新回到校园读书，充实自己的知识。我就辞职一个人在城市的一个角落刻苦地攻读，断绝了外界的任何交往。那时候我又产生了这样的想法：社会上的人都已经很世故了。谈恋爱不是要求你有房子，就是要有钱，而我这

29 岁结婚照

两样恰恰都没有，我倒可以到校园看看。那里至少还是一块净土。8 个月的攻读，在 2000 年的春天见了分晓：我因为政治差了几分落榜。到大学读研究生的梦败了。那时候我暂时在一家报馆就职。一边复习一边打算明年重新考试。那时候我感到自己很失败。无论爱情还是事业。我看着近十年来自己发表在全国各地报刊杂志上的文学作品，心里只有沮丧。为了让自己能够在创作上有所作为，我放弃了工作放弃了花前月下的恋爱，为了能早日在创作路上成功。那时候我同时接到了出版社对我长篇小说的退稿，心情糟透了。

那时候，听着张雨生的歌《一天到晚游泳的鱼》，我想我这人，会不会让梦想拖垮，成为在空气中游泳的鱼呢。耳边就想起了 3 年前那个女孩对我说的话：这个世界上缺少的是真爱，我真希望我能够找到。那话语腼腆而轻柔。一种冲动让我想给她打个电话，我发现她的号码依然清晰的记在本子上。当我打通电话，那头的她传来我记忆中熟悉的甜甜地声音：请问您找谁？

我的声音竟然突然慌乱起来：我说你还好吗？然后我介绍了自己。我认

为 3 年了她早已经忘了我。当她毫不犹豫地说出，她还记得我时，我感觉自己的心跳在加快。

我们又相遇了！在认识 3 年后的夏天。

那是个黄昏，我记得她穿着雪青色的连衣裙，乌黑的长发在微风中荡漾。她含笑地听我诉说我的失败我的沮丧，然后她开始讲她的工作她的生活。我们在华灯初上的街头漫步。我那时想对她说：你成熟了。但我清楚地看到她的脸上带满羞涩与红晕，正在匆匆地躲避着我的目光。

……

求婚时我问她：我不富有，而且搞创作是一个艰苦的历程，成功有可能会很漫长，你考虑过吗？她娇嗔地说：我和你谈的时候就知道了你的选择，我还知道你只适合搞你的文学创作。我要嫁给你是看中了你的勤奋好学，你很有潜力，我觉得这比什么都重要，我会支持、陪伴你。

我那时候对她的尊敬和爱恋从心头涌动。我那积聚很久的感情好像突然爆发了：我终于找到了我要找的那个人，苦苦地寻觅在我 29 岁的一天找到了。

很快地我们决定结婚。那时候我们有些紧张和狂喜。我们相互告诫着对方：结婚后会有很长的磨合期，请相互善待。如果因为一些小小的事情争吵请一定互相容忍。不要在焦急的时候说伤害感情的话，不要在对方情绪低潮的时候惹起事端……我们像两个絮絮叨叨的老人相互端详相互叮咛，然后我们一起忙碌我们的家。

她现在已经是我的妻子了。有一天她告诉我：咱们俩有着最不浪漫的爱情，因为没有花前月下、柳荫溪旁的缠绵就结婚了；咱们俩又有着最浪漫的爱情，因为咱们是从浪漫的故事中走来的……

乡愁的明月

　　中秋的明月是世上最多情的，然而对于漂泊在外的我等来说，中秋节的明月最是乡愁的明月。很多时候，一个人走在熟悉而陌生的大街上，头顶着那一轮千年不变的月亮，看着万家灯火次第亮起，看着人群从四面八方因为亲情的呼唤朝向家的方向，看着孩子牵着父母，看着儿子搀着老人，看着那时候热情的人们出入于超市商场，都只为了那一夜的相聚，我常常不敢看不敢想。那时候我像一个害怕见到光亮的害虫，尽力想让自己躲避在离开人群的黑暗处，好像那样就躲开了月光，那样就躲开了一些什么。

　　但我在躲开什么呢？

　　那月光依旧会穿空而来，准时地照在我的窗前，在我那时单身的处所流连。那时我不想弹动手边的吉它，不想倾听郑智化的那首老歌《我的生日》，不想打开一盏灯。好像这所有的一切都是瘟疫，一不小心就会传染了我的灵魂，又好像尘封的初恋，生怕一触动就会在今夜消失。我是害怕孤独的人，尤其是在中秋节的晚上。但为什么我又拒绝了和好友的聚会让热情的友谊把孤单驱走？是害怕曲断人散后更大的孤单吗？是害怕因为这月亮的缘故，那硬生生装出来的坚强会在众人面前原形毕露吗？还是怕因为这一年一度的明月带给你的情怀因为你的挥霍而很快地滑落？

不知道为什么爱静静地听夜晚城市的声音，不论是过往的车流还是邻居婴儿的哭声，自己好像就能看到当时在遥远新疆的父母。想着他们一定像往年那样早早就摘了门前的葡萄，那晶莹剔透的马奶子葡萄，宛如一个绵长的梦呵；想着他们一定买了月饼，对着明月就着奶茶细细品味；一定想到他们的娇儿，想着他的声音和笑容。这样一想，那不争气的泪水一如夏天没有任何预兆的雷阵雨说来就来，不容你任何理智的分析。就能想起少年时代的我们，盼中秋如同每年盼望春节一样，为的就是能在那一天，在月亮出来的时候，从父母手中抢过那块属于自己的月饼，好像那是前世欠的单等这一天还我。那时大院的孩子们不约而同地出来，人人手拿月饼，嘴张得一个赛一个的大，恨不能将整个的月饼吞进去，然后又一个赛一个地小心，每个人的月饼从嘴里出来又总是丝毫无损。一年就一次呀，这东西在孩子眼里那时候简直就是世上最美的珍奇。

那时候我们总能够一点不剩地将月饼在中秋这天扫荡干净。那时候我们盼着下一个中秋快点到吧。儿时的中秋与团聚无关与乡愁无关，中秋只是月饼，只是一次奇特的牙祭。他那时候又怎能想到长大后那明月成了自己逃避的对象，成了林黛玉的泪眼，要让你不得不在暗夜里哭泣。那时候即使面前堆满了中秋的美味，但那几乎成了一种节日里的形式，等熬过一夜后，月饼依然是那月饼，在阳光下散发精美的味道。尽管它已经有了多种华彩的包装，有了各种秘而不宣的滋味，然而对于漂泊的人，它增加的是无奈的男儿之泪和遥远的乡愁。我也曾试图在中秋节晚上约朋友远行，想着避开这个节日，让我们选择坚强。但呼机响了，那上面全是中秋的祝福；电话响了，那是双亲苍凉的问候；脚步停了，那是月亮凄艳地普照。中秋的月亮是中国人的回归，是亲情的印章，它无论怎样也让你在这一天难逃亲情设计好的宴席，要让所有的人，在柔情的圆月下沐浴；不论你志得意满还是伤痕累累，不论你愿意还是不愿意，你都得听那来自血脉里的声音，那突然澎湃的激情是来自你的家族你的根性。

于是，在中秋的日子里，我开始坦然。我知道了那一轮月亮是面对所有的。大地青草还有我这样一个曾经避光的"害虫"。我知道这个夜晚，所有的生命都该为自己的家族狂欢，为这一年一次的多情尽情歌舞。哭与笑在那时已经不重要，重要的是你不再怕什么了。后来，一个中秋来临的日子里我遇到了她，然后在那个中秋的夜里我感到一个远行人的温暖，原来明月是在一次一次提醒他应该有一个家。后来看着明月他不再有伤怀的时候了，他怀里的是一个快乐的精灵——像明月一样多情而快乐。那时候我才发觉明月原来并非一个，它有很多而且各个不同，而现在，当我有一个家的时候，明月的多情却只有快乐了。

我有些怀念那些个满布乡愁的明月了……

报　童

　　我从堆满了书的房间出来，目的是为了把堆满了各种想法的头脑在冬天的风里吹醒。所以，每天的这个时候，小区里卖菜的、卖各种小吃的就冲着我吆喝。但因为我从来出门都没有想好做什么，所以我的出门总是无目的地行走，在我居住的这个城市的某个小区。

　　我有些清醒的时候，是当一阵"卖报卖报"声从我身边滑过时。常常还没等到我回过神来，那一阵叫卖声已经消失得无影无踪。我想是买当天晚报的时候了。我往前走，这次我已经知道我要做什么了。我渴望能尽快和一个报摊相遇，或者就和那个每天叫卖的声音再次相逢。但是我最后发现，每天这个时候那个叫卖的声音只从这条小巷穿过一次，而这条小巷里除了卖菜的卖小吃的没有卖报的。要想得到报纸你必须走到这条小巷的尽头，那里有一个报摊，在那里你可以卖到任何一家的报纸，但你要花一段时间。所以，为了不走远路、不多花时间，我决定每天这个时候都集中精力等在小巷里，在叫卖声必经的地点。

　　这样，我在有一天抓到了那个稍纵即逝的声音。我在那叫卖声刚起的刹那大喊了一声：买报纸！即使那样，那个声音还是从我身边疾驰而去，在我回身的时候，它正竭尽全力地刹住，以至于那车头像一匹受惊的马高高地昂着头，好容易才慢慢向地面驯服。那机灵且冒失的驭手抱歉地冲我笑笑：大叔，您要买报吗？

那怯怯的声音从车头下面的马尾辫传来。

"给我一张晚报。"

我在掏钱的时候，又说了一句："孩子，你今年多大了？上学吗？"

"8岁，早不上了。"

然后，我就拿了报纸往回走。走了几步，我回头看，我发现刚刚那个马尾辫被一群人围着，她的生意真好。

以后，我在每天这时候卖报的时候，就能听见她的叫卖，虽然稍纵即逝我却能熟练地抓住她的声音。我发现这个小区的许多人也爱买她的报纸。大家都说有这个不知谁家的孩子卖报，大家买报纸就不用走远路了。而我也习惯了她每天对我叫一声大叔。

习惯了，所以在买了报纸以后我就再不会回头看看那个孩子，我好像只盯住了报纸。

子欲养而亲将逝

　　朋友从南疆回来，他是因为母亲重病回家的，而回来是因为必须要上班了。从他回来的眼神里我看到了落寞和不安，以及无法平复的焦躁。绝症意味着什么，他很清楚，而他甚至不能守在床前。

　　多年前，当他只身来到山东闯荡，并将老婆孩子带到身边来时，他多么自豪，他凭借自己的力量将家人团聚，而那时他年迈的父亲已经七十多岁，母亲还健康着，他知道双亲为了让他早点安顿下来给他买房子的意图。尽管父母说：看他有个窝了，工作也稳定就可以放心回新疆了。但他懂得：父母最安心的地方就是他这里，就是在老年时候看着儿子在身边，这是唯一的儿子啊。

　　然而，凶蛮的媳妇终于看不下去，没多久就开始打闹，开始掀桌子，冷言冷语。老人家们只好离开，他们临走的话是：只要儿子过得好，我们也心安了。

　　而他儿子过得并不好。

　　老人走后，媳妇继续刁蛮下去，打架成了家常。

朋友曾经满怀信心地说：我要在 3 年内挣足够的钱，买一座豪宅，带游泳池和前后车库的房子，到时候接我父母来住。

　　我微笑着点点头。他还是一个重感情的人。他还记挂着他的父母。

　　朋友有时候有些落魄，我想那是因为他对父母的亏欠太深，他焦急的脚步是因为他想早一点接父母来。对远在万里外的亲人，他最担心的是什么，我感同身受。

　　然而，他终于没有发财。老婆的大手大脚，银行信用卡的经常性透支让他难以招架。

　　现在是他母亲的绝症。

　　他明显地失去了往日的活力，眼神中闪过的是男儿难见的悲伤。子欲养而亲将逝。我多想告诉他：其实年迈的父母什么也不需要，需要的是他的爱。而万里又怎样将爱一点点传达。即使哪天你真的发财了，父母已经老得不能动了，又有多少意义？

　　我曾经责备他的懦弱，不该谦让于媳妇。我曾经主张让他另找一处附近的房子，让他的父母就在身边。也许人和人真的不一样。

　　不要将遗憾留给自己，一旦留下，那将是长久的。尤其不要对孩子和老人有所亏欠。时光一去就不复返。我这样庆幸自己，并想长久地乞求上天的厚爱。不求发财，只愿身边的亲人们平安。

游走在婚恋中的女人们

在辞典中"媒人"的解释是：男女婚姻的撮合者；婚姻介绍人。尽管"做媒"放在这个开放的年代好像有些落伍。因为在结婚典礼上，新人介绍恋爱经历一环中，现在的年轻人大多已经忽视了媒人这个角色。在他们，恋爱就是邂逅就是一见钟情，所以，一次公共汽车上的转身一瞥可能就成就了一对鸳鸯；所以，一次列车上的交谈也能使远隔千里的男女，魂牵梦萦成就一段佳话。艳情小说中的情节本来是一种艺术的夸张，以弥补现实男女情感中的缺憾，但现在看来，时代已经让痴男怨女茁壮成长，在一个个性张扬的时代，小说中的任何夸张都成为了可能。所以，有人感慨说："这个时代，男女之间什么样的爱情不可能发生呢。"

然而，像一根红线将一对本来陌生的男女送到一个屋檐，让两个陌生的人开始交谈，让他们初次见面时不免慌张和腼腆，那种局促不安和紧张的好奇为我们勾画出一对男女见面的场景。这种靠媒人恋爱的场景从遥远的年代传来，却没有被这个时代遮蔽。如果说做媒是中国的一种传统文化，这多少有些故弄玄虚的话；那么从那些摩登女人们仍旧乐此不疲地给人当媒人的现象看，至少中国的女人们在内心深处大多还是充满了对婚姻的向往、对家庭的热爱；而且从古至今似乎所有的女人们在做媒这事上永远地不知疲劳，永远地足智多谋。她们好像"红娘"在世，无师自通地穿针引线。过去做媒的人需要将男女引进自己家里，准备上好的菜肴和佳果，一阵寒暄后就静悄悄地退出来，关了房门主动给两个人以了解的时间。那时候做媒的人好像自己在谈一次恋爱，心里充满了自豪和满足，充满了甜蜜蜜，好像正亲手将一对孤独的男女送上了去天堂的道路。而现在做媒一个电话就将一对男女约到了一座酒店或者某个充满情调的酒吧，媒人可以不出现，男女主角如同地下工作者很快就能在人群中识别媒人描述的那位，一段爱情故事可能就此开始。

爱做媒的女人心中一定充满了爱，在她们心里：那些适龄的男女应该享受到爱情，应该让家庭的温暖开满大地。因为自己幸福，所以她们认为所有的人都应该得到幸福。

在朋友的聚会上在一次单位的郊游，女人们最常聊起的话题除了丈夫和孩子就是"谁有对象了吗"，此话题一开，即使两个陌生的女人马上就成了闺中密友，她们躲在一个角落彼此介绍对方的那个男女，好像一场意外的买卖，好像一场博览会愉快的交易。那些被介绍的可能是她们的亲戚朋友也可能是认识不几天的同事，亲戚朋友好说了，因为彼此很相熟；怪就怪在许多女人在做媒人时，自己要给介绍的人她连姓名的不清楚，她只知道某男或者某女单身，理由是：过节的时候老看到他一个人来来往往。或者就全凭直觉，我觉着那个小伙子很配那个女孩。从这点看，由于女性天生的包容和母性，让她们在人际有些渐渐淡泊的时候无意间充当了"社会活动家"，她们用自己的热情或者过来人的身份给那些未婚的男女一开始就贯注了对幸福的向往。

我有时想，现在的城市已经让钢筋水泥包围，人们的交往好像让一层防盗门阻隔，人与人之间的真诚好像也成了一首挽歌，而媒人的穿插和登台亮相给我们的生活带来了亮色。她们如同急促的敲门声，让外面的人能走进房间；如同一道温暖的绿色通道，让彼此的隔阂和陌生瞬间消失。

眼：被岁月打磨的铜镜

有一首歌是这样唱的："我相信婴儿的眼睛，我不信说谎的心。"这句歌词之所以能打动我，是因为它实际在告诉我们一个严酷的现实：当你注视人的眼睛时，最可信的可能只有婴儿。这多少有些"世纪末"的悲观情绪，让我们感受到了现实严酷的同时，也意识到让一颗心灵永远纯真是多么难得。

面对一个襁褓中的婴儿，我们的目光常常被那清澈和无邪的目光吸引，那里除了快乐和好奇就是天然的纯净。然而当他们渐渐长大，知道了世界的模样，领略了人类的骄傲和沮丧，触摸了自然的力量和软弱，他的好奇会渐渐因为知识的积累而有所减弱，那因为好奇而发出的奇异光亮会从眼中消失；他的眼睛会因为风尘而变得不再那么明亮，一双眼睛逐渐黯淡的过程实际上正是一个人成长的过程。我有时候真的搞不懂：为什么岁月让人成长的同时要夺取那双婴儿一样透亮的目光，那种奇异的光亮如果一直伴随着人类该多好。

于是，我们只能看着我们的眼睛和旁边人的眼睛开始迷蒙。我们一起相互微笑，但我们的微笑带着那么多社会的内容：因为他是我的上司，因为我要求得他的帮助，因为……那双眼开始变得圆滑世故，开始懂得看人下菜碟，开始见风使舵，开始暗藏诡计和阴谋。所谓"眼睛是人类灵魂的窗户"这一定律已经开始过时：人们已经很难从对方的眼睛里看见他们真实的心灵，那些学会了涂脂抹粉的眼睛让岁月打磨得已经模糊，那些深不可测的眼神令你望而生畏。

一部影片有这样一个情节，一位专业的警察认定自己能从几十双眼中识别出一位凶手的眼睛，当他一次次从蒙面的嫌疑人面前走过时，他始终也没有认出那个凶手。他感慨到：真没想到人的眼睛也会那么容易伪装。

灵魂都在伪装，何况眼睛！

然而见多了那些模糊的眼睛，我渴望透过窗户或者直接来到草场遇见那些清澈的眼神，那时候好像自己也突然变得干净起来。那时候就发现还有那么多清澈的眼睛活生生地生长着，他们不仅仅属于婴儿，而且属于那些天真的儿童和少年，在阳光下面他们都像花儿一样。因为他们，我们的眼会在瞬间感到一丝奇异的光亮。

感觉中的青岛

如果城市是有性别的话，青岛是个男性的城市。如果城市要划分成分的话，那他一定是资本家出身。他的男性特征表现在那辽阔的大海，那海不用海潮的冲涌就足以令人心生畏惧和震撼；他是有点洁癖的男性，属都市白领阶层。那马路通常被海风吹打的纤尘不染，皮鞋可以长时间不用擦也会光亮可鉴。他是男性还在于，在黄金海岸，在辽阔的海边，那些美丽的少女们敞开了自己的温柔，要闯入海的怀抱，那些衣装摩登的女子从海边走过，任长发飘飘，从都市的街道走过，让更多的外来人的眼光突然亮了一下。

这是个生养摩登女子的城市，因此就有了慈父的性质。

这是个有好女相伴的城市，因此就有了模范男人的性质。

如果你想在青岛找到那种四平八稳的大街道可能会失望。因为这里的街道大多是高低起伏的，而且那些充满异国情调的租界遗址常常令这个城市的年龄和本来看起来极不相称。原来这样一个现代化的城市还有一段不算短的历史。青岛人的脾性是透着山东人的直爽和宽容的。这和每日凉爽的海风和辽阔的大海相依相伴有关，所以，从大多数青岛人身上你看不到粗暴和邋遢的特征，他们整洁的衣装和海边健康的肤色让他们有种贵族气，即使是郊区的农民口气里也有种见过世面的大气。

和省会城市济南比。青岛的名气要大得多。到山东旅游的人们有一个相似的心愿：首先到青岛去玩，顺便去看看济南。青岛的名气自然和崂山和大海和青岛的啤酒节连在了一起。这个能喝酒的城市自然要吸引名酒落户，又因为名酒这里的人性格更豪爽。

青岛人说话也好听。那种柔中见刚的声调，女人男人的声音都透着点胶东半岛的自豪和魅力。优越的地理位置和富饶的土地让这里人的谈话彬彬有礼，而富足和满意也就在音乐一样的儿化音里传出很远。

和东北许多很雄性的城市比较起来。青岛更有内涵。它发达的经济并不像许多其他城市那么容易写在面上，那些青草一样茂密的广告牌也摆得那样有分寸，不喧宾夺主，在一派繁荣中体现他的文化品位。这让我觉着，青岛像穿着西装的男子笑眯眯地看着前面，而前面是繁荣的市场。青岛因此留住了商人也留住了清高的文化人。青岛因此让人有种冲动，来了就不想走，就像即使有了很多钱，也要踏单车沿着大海在风中骑行，那份自得和惬意不为外人道也！

健身之思

办了健身卡有半年了，去了统共不过 13 次，当然学习紧张时间少是个理由，但有时候在想，如果早把健康作为人生第一要义，就不会出现像现在这个状况了。

当俱乐部的教练热心地给我检查身体，然后做出判断后，我有些小小的吃惊，我竟然已经进入了肥胖人群。那些精密的仪器，握一下就知道了我的各项身体指标。其中脂肪一项严重超标。

当第一个人说我胖了的时候，我以为人家是夸我富态。当第二个人说你胖了的时候，你还以为大家是关心的客套话，当专家也对你说"你超重，已经肥胖时"才感到肥胖真的来了。

对肥胖的不警惕来源于自我感觉良好，总以为自己一直喜欢运动，一直没有负担感，精力充沛，所以，身体应该属于适中的。但不科学不合理的饮食一样会逐渐让你失去健康。当教练提出我的健身方法需要慢跑和快走时，我发现我一直以来采取的健身方法完全是错误的。我喜欢在跑步机上加速跑，而且越快越好，其实不对，那不科学，那将有氧运动弄成了缺氧运动。

教练一指点，我才明白过来，我自以为好的，从科学合理的健身角度看，是不合理的，甚至有害健康。

这让我想到很多。是不是在生活的很多时候，我都在自己的知识盲区里自以为是，那是多么可怕，我也许已经做了许多不合理甚至有害的事情而不自知，而遗憾的是我在做这些的时候，身边并没有内行指点，也没有知情者说话，如果是那样，自己是多么可悲甚至可笑。

兴许已经在做许多愚蠢的事情，而这样的结果所导致的，很可能是外行充内行，说一些不正确的话，做一些不合理的判断，刚愎自用、自我欣赏自我满足，在伤害自己同时也在无意中伤害了别人。

我肯定有很多的知识盲点，就是在文学上，我也可能充满了盲区。对最新的事物、最新的理论主张，对新的探索，刚开始我总会感到陌生，如果陌生，就该低头去研究学习，而不能妄加评判；对那些不明白的更是如此。而文学永远没有尽头，学习和借鉴任何时候都不过时。当自己以为可以不看别人的东西时，你离盲区就不远了。文学中是这样，生活中也是如此。

漂泊者手记

1

冷嗖嗖的午后，温暖被冬雪夺走，取暖的人们足不出户，他们宁肯在时光匆匆地疾走后，等待薄暮阴冷的太阳化作一丝烟雾，从而心甘情愿、理所当然地钻进暖暖的被窝。出门散步是属于浪漫的人。他们挨得很近总有说不完的冬天的话题，他们甚至会对高楼上谁家绯红色窗幔的皱褶评评点点，那挡住视线的窗幔遮住了一些人。

而积雪下面湿漉漉的草地是荒凉的。曾经在青草上的拥吻，和着草香留在记忆深处了。乡村的夜晚总和一些远远近近的传说相连，好像关于鬼的故事吓了一代又一代，但在迷信的吆喝声里，田地旁边就有坟头，散步的人会从坟头走过，悄悄说着知心话。悄声点儿，别笑得太很，别吵了地下的人。这是多事的老太婆在喊了。

在这块多彩的土地，自然与我们相依相守。但漂泊者从两棵树到十四间房，从青海走到多浪河，自然的景致代替着一个地方的称谓。两棵树，真的原来这儿只有两棵树吗？十四间房，真的原来这儿的世界只有十四间房那么一点儿吗？关了门，生了火，邀客人上了热炕，你再想想，自然选择了我们的同时也选择了自己，她得发出声来让人去听，她得说出话来让人去想，她得选造出事来让你去干。

曾经有一段时日，我乘车来往于阿克苏与西安与济南之间，那时候我从未有过伤别离心绪。因为那只是离开一段去求学而已，到了真正要离开西部时，这段路线倒成了记忆中一遍又一遍的图景。我竭力回想阿克苏小站上送行的人，那双挥动的双手，白发人，回想他们送去的难舍的话。回想一片黄尘掩盖了归路后的我自己。我要经过柳园，那是新疆和甘肃的交叉点，那是一个标志，向东过去柳园就离开新疆了。我在那儿挥别了一位大学时代的密友。那天车行到柳园时，只有他一个人下了站，荒凉的小站，只有空空荡荡的木栅栏为他敞开。他转身就走了，那时我的泪下来了。是呵，许多地名都代表着我们一生的踪迹，都附着着太多含义。而每一个地名又是一个故事，是一个人的名字。往往与自己的爱恋或友谊有关。我至少清晰地记起儿时的玩伴小翁子，中学时的同桌任海波，以及大学时代的恋人。她们代表着阿克苏—乌市—西安，也带着我浓浓的纯情。

这时，心灵里的另一部分正窃窃私语，讨论着个人的得失、岁月的流逝。这时期待也会随之而来，希望与优美同在。我于是等着意外的相逢或者新的相识。

仔细观瞧起十月，一年里唯一的十月就要来了，我看着行人，我说一定会有我的朋友，我看着树木我说你们会成我的朋友。在空空荡荡的大厅，周末的时光只有一个人打发，我因为关注十月而心情紧张，盘算着我能做些什么，我应做些什么？一年就要在十月之后很快过去。你成就了你的诺言和誓约吗？你媚权、媚俗了吗？你为了理想努力了吗？

你多想在此时谛听圣者的言语——你想象白雪飘飞的俄罗斯，在古旧的大街上那高大而孤独的公爵，那个生活富足却身无分文的托尔斯泰，他阴郁的目光注视着伏尔加河的寒冷，以及那些乞讨的贫苦人。这个天真雄浑而又纯洁的贵族，走在贵族之中有着一个贫苦人的慈祥的心。这超越阶级的圣者用自己的博爱愤激地和世俗的丑恶战斗，八十二岁时心里也没装下伪装和妥协。他是那样的，从一些所谓的名人身边走开，从鲜花和掌声中走开，孤单单地走在自己的牧场上——在外人看来像个迷途的羔羊。

2

房间里没有点起蜡烛，只有壁炉摇曳着火光，照亮了一位黑头发，黑眼睛的少女的微笑——羞涩的微笑。这种笑已经久违了，不告而别的微笑，结果成了你永久的牵挂。其实那天也没有下雨，天色灰暗。我已习惯了把所有的记忆放置在细雨中，细雨好像在听，你对她的诉说就不至于毫无听众。你倚在石屋前，已经很久，你的全身已经麻木，被雪覆盖着——你忘记了你是因为害怕父亲的处罚而出来的——却只是痴痴地想那个阿依夏姆，那个土尔逊老汉的独生女——那个黑头发黑眼睛的女孩——

你的眼中现在出现现了两个画面，一个是在温暖壁炉前女孩，一个是在石屋边入睡的冻僵的男孩。

记忆在同一时刻相撞时，很美。

"我们聚会的那座楼上，有好些灯烛，有一个少年名叫犹推古坐在窗台上，困倦沉睡，保罗讲了多时，少年人熟睡了，就从三层楼上掉下去，扶他起来，已经死了。"这是《新约全书》里的一段文字，我不知道为什么会突然就想到它——我有时觉得苦学的生涯就如同那混沌而亡的少年——在困惑和疲累的精神里，知识与智慧成了负担，使他丧失了梦想。而幸亏，那多年前倚屋僵坐的少年只是在为一位少女沉思，少年的心总会及时迈入温暖的家而不致死去。但《新约全书》的少年人在传授的道业上陷人了昏匮。是不是另有生路——让诗歌的艺术之翅解冻展开，贯通求知者的心空——

然而，我已离开故乡的石屋，离开少年时代太远太远。直到有天意识到自己的漂泊时才开始不满足家的概念。远山、沙漠、大海成了文中常出现的意象。城市与城市，乡村与乡村已不是画饼充饥的名词，在漂泊者眼里那是一段必经的路途，是必须亲历的磨难，只有不停的寻找才能喂足漂泊者自己和他不满足的脚。

但为什么要漂泊，为什么心灵总是找不到方向？为什么总要让潮流牵动？为什么金钱在多数时候会引走同行者的目光、

只为笛声和牛群，只为了林荫道上赶一辆马车，只为疾病不再战胜人类，死亡安然来临？只为了让明媚的阳光肆无忌惮地闯入，在小山美丽的空地上，在香草和健康人的脸上，留下美与善，留下安祥？

只为了在月夜，在光滑的砂石上，让月亮从淡淡的远方庄严地升起，吻住我们的脸，一切善拥入怀中，没有诅咒的乡村里，埋下一个人庄严而平静的生命，静静的墓地上，没有琴声……

3

我知道冬雪是自然为我们设定的。

我知道命运总要求我们成为他的对手。

我知道在友谊和爱情的源力下，圣洁的爱会浇灌我们的家园，所谓的忧虑和折磨终会退却。

我写下这些文字，只给向善的心灵，给扪夜自省的漂泊者，给那些用一颗漂泊心温暖另一颗心的我的同路人。

这时候午后已不再冷，雪白的世界又宽又长，铺展在我们眼前。

去看别人的女人

星期六急匆匆地回家会合妻子，往另一个城市去看她。

妻子看着我脚步匆忙的样子不无醋意地说："你不爱我了，你爱上了别人的老婆。"

"怎么呢?"

"你从来没有像看她那样去看过我?"

"别无事生非了好不好?"

我无言。

快到目的地了。妻子突然有些左顾右盼，毕竟这个城市对她来说是陌生的。

她话也少了，她说："我见到她时不知道该说什么?"

"我都不知道她会有什么反应?"

"我也不知道。"

一开门就看见了她。她的态度有些冷漠。

我有些失望。尽管如此我还是有些激动地拥抱了她。

她很快就和我亲密无间起来。不停地守着妻子亲吻我，害得妻子老拿怪怪的眼神看我。

因为只能呆一天，第二天就要返回。我分外珍视这次的见面机会，便提议和她玩一天，痛痛快快的，她想玩什么就玩什么。我们去逛了公园，去了超市。

在超市里她很快地就和我妻子找到了共同语言。她们一起和布娃娃说话，一起逗弄着大狗和小熊的玩具。后来她冲着一个塑料狗熊热吻，然后转身来找我，妻子嫉妒地说：别吻他了，看他胡子拉茬的。

一天很快就过去。为了不让离别过分伤感，我让妻子先偷偷去收拾东西，我过来手把手地和她玩。她很乖巧地偎依在我怀里，让我教她新疆舞蹈。嘴里还哼起了旋律。

"到时间了——"妻子在提醒我。

我起身换上了外衣。就在我要偷偷先溜出房门的刹那，那个她突然停止了和其他女性的交谈，眼神有些呆滞地盯着墙说：爸爸走了——妈妈没有了——妈妈没有了——爸爸没有了——她突然在原地转着圈儿地寻找起来：妈妈妈妈——妈妈没有了。

她是冲着我的眼睛喊的，我看见了她的无措和慌张。她突然无法表达的恐慌。

妻子没有出来。我知道她是对的。而我转身去了阳台，我看着窗外的车流，一再对自己说：你是一家之主，要坚强。可眼泪还是很不争气。

这时母亲及时地用玩具转移了她的视线，并把她抱到了另一间房子。

我走在回济南的路上。我和妻子一路上都在沉默。后来妻子笑着说：当时谁告诫我要勇敢不能哭，可后来是谁先哭了？

说着这话的时候，她的眼睛红了。

2006 年博士毕业时，全家合影

两周以后我就能再回去看女儿了。在爷爷奶奶那里她很快乐和幸福。但从现在开始我却那么深深地想她了。想得甚至心疼。想起那突然用稚嫩声音发出的呼喊，那无助和委屈的呼喊，我竟然要失眠。想着多年前，我曾不顾一切地离开家，那时的父母该是多么多么的伤怀。那时的父母是该多么思念那个别人的丈夫，他一去就是四五年不归；那时候，他又何尝想到心痛的滋味，那是父母为儿女的滋味。

让我们快乐地伸伸腰吧

　　夹着公文包，迈着疲惫的脚，风风火火于人和事，看着逐渐鼓起的腰包，然后深呼一口气，好像苦命的潜水队员又一头深入生活的水下，赚更多的钱争取更大的利益。有钱的人们开始了焦虑：为什么我就要一刻也不停，为什么我是如此地疲惫？那些未老先衰的，岂止是脸还有那激烈跳跃的心。

　　给自己几次放松的机会。我们不是机器。我们是人，血肉组成。所以我们需要爱、孤独、友谊和浪漫，需要探险和好奇需要疲倦和安慰。所以去做一次远足。可能去风光旖旎的欧洲，看那些哥特建筑是怎样直耸云霄，看那些绿草掩映的别墅怎样和清山绿水偎依。或者到美国的西部看看，看那里冰山的清净和巍峨，看牛仔们在乡村和城市里的身影和生活。也许你可以在一间简单的酒吧一个人品一瓶异乡的美酒，也许你还可以把自己放在黄金海岸边细听涛声。

　　所有这些你需要拿出一段时间。不要一再推迟。推迟到你已经开始遗憾。拿出精神来让自己轻松起来。你需要首先请好假，交代好你的工作。然后勇敢地关闭手机和一切可以联系的东西。做出一幅彻底和工作决裂的架势

（当然要有老板或者你的妥善安排做保障）。那样你就可以在这样的时间里成为一个自由的人，可以什么也不想或是什么都想的人。

如果你不出国，你也可以到一些你梦想了许久的地方。别犹豫了。过去是因为没钱，现在是没时间。其实时间总是可以找到的。因为你的犹豫你可能从此再找不到时间。有老婆了有孩子了有家庭负担了。你终于让梦想消灭在梦想。

不甘心的时候就开始行动。和分别多年的大学同学约会吧。看看他们的沧桑和幸福，听听那么熟悉的声音，再抽一次劣质的金丝猴香烟，喝廉价的老白干。或者到西藏或者到内蒙古或者到西双版纳，那里的辽阔会让你轻易交托自己的灵魂——在沉寂中融入自然，真正地倾听久违的鸟声和昆虫们的鸣唱。

或者到一个谁也找不到你的小镇，比如德令哈，透过小旅馆的窗户试探地看那些大漠里千年不变的冷月。让一份必然涌起的孤独生长，然后巨大，别管它，那时候的孤独是美丽的，享受它。因为你过度地工作已经让你长久地远离了它，而没有孤独感的人是可怕的。

隐瞒了真实的身份，有限度地"坏"一下。到你不曾尝试的地方去看看，体验一把。没什么大不了的。明天我仍旧是个真实而可爱的人。你从此会不再遗憾自己"不曾体验"，不会再天真地看待这个社会。因为你毕竟经历。

那些孩提时代的好奇那些被大人们遮蔽的景物，你都可以乘机看个清楚。用你的才识和放松的心态。

累了便无忧无虑地大睡一场。如果你觉着只想睡觉的话。

如果以上的方法有一两个正合你意，终于让你不自觉地想对着窗外伸伸疲惫的腰，那么行动吧。"1234，2234——"和着节拍我们先伸伸腰吧。

双赢的智慧

皇帝要建宫殿，本来木匠和石匠是竞争对手，在木匠师徒面临生命危机的时候，石匠不是落井下石而是突发奇想，帮助木匠渡过难关。这个故事其实有很强的象征意味和现实意义。那就是在竞争的社会里，竞争双方完全可以不成为仇敌而成为朋友。用石匠的"长"补上木匠的"短"，即用自己所长补他人所短。而最后的结果就是双方获益。这体现了双赢的智慧。

我们把这个故事再作一种假设，如果石匠为了在竞争中打垮对手，他完全可以对木匠师徒的安危视而不见，可以幸灾乐祸。这样他会获得皇帝的赏识但却多了一个敌人。因为在别人遭难的时候见死不救，本身就表现出了品质的低下和恶劣；同时因为建宫殿不能缺少木匠，木匠的缺少必然耽误工期，石匠也不会得到太大的利益。所以，为了大局着想，为了使得合作双方得到最满意的结果，石匠帮助木匠，用自己的长处弥补对方的不足正是双赢的最佳方法。

我们长期以来的教育告诉我们，"三人行必有我师""以他人之长补己之短"，说得也正是这样的道理。在和他人合作的过程中，多发现对方所长，才能找到自己所短，这样才会使人进步，才能在我们的前进过程中找到教学相长的朋友与合作者。

如果我们继续就这个故事进行思考，还会有另一个问题需要解决，那就是合作双方如果不互相了解，不熟悉对方的长处和短处，在遇到问题时便难免束手无策。如果石匠不熟悉木匠的缺憾，也找不到解决之道，那问题就麻烦了：尽管石匠想帮助木匠，却因为对木匠的不了解或者缺乏认识而使得合作的失败，甚至会导致木匠师徒的死亡。

所以，对双方优缺点的认识，是双赢的前提和保证。如果石匠不清楚木匠的问题所在，木匠也缺少对石匠的信任而不愿意沟通，双赢就无从说起。在现实生活中，我们要面对许多竞争，是把对手当朋友、合作者还是陌路人，对双方的成功与否极有影响。比如，竞争中的同班同学，因为高考的压力，互相在心里成为了对方的假想敌。是互相鼓励，用自己所长去帮助同学，一起进步呢，还是自己顾自己？双赢的智慧告诉我们：选择前者，那样可以获得和谐的学习环境，并且能从对别人的帮助中获得自己不具有的"长"。人无完人，每个人都可以从别人以及帮助别人那里获得启发，每个人也可以用自己的所长赢得对方的信任和尊重。在双赢的智慧中，社会必将更加稳定，人们也必将更加和睦。

无　言

　　无言不代表没有话说，他常常是思想者善于思考的标志，代表着一个人开始走向成熟。

　　少年时人们爱倾诉，甚至急于诉说。中年人则常常在愈积愈多的磨难中坚韧起来，开始品味一生的深层含义。他已学会不去诅咒一生，也学会不去等待人生。他常常会在无人或者有人时把思想的浪花喷向人世间的万事万物。所以，中年人给人以安全和沉稳。

　　有时候人在同一时期扮演着各种时期的角色。少年老成，老年童心，都是这种表现，人生也因此多了许多色彩和乐趣。

　　我的无言阶段集中在二十几岁，我那时充满着幻想和热情，我希望能干好的事自己一定干好，也希望自己所爱的人也能爱自己。希望朋友亲人能像自己理解和尊敬他们一样尊重和理解自己。而当种种的希望只带来失望，我只有沮丧，只有长时间的沉默。所以，那时候，心里的无数委屈不想说，一切都写在脸上了。

　　那时候，我才开始渐渐知道，说出嘴的许诺往往容易燃烧也容易冷却，只有无言的许诺，会像干柴在每个合适的时机温暖自己和别人。

　　看过一个故事，一位当总经理的儿子在一场生意上失败了，完全是因为对方背信弃义。他暗下决心，今后自己绝不能诚实地对待人事，决心用对方的手段对付对方。当他将此念告知父亲时，父亲告诉他：诚实是做人最重要的。暂时的失败是不代表永远失败。一时的成功并不代表卑鄙会永远长存。认清那个人的卑劣并放弃与他为伍，这对你是那么重要。

　　是的，有时候，无言是沉默的反抗，不代表脆弱。它更能把思考积聚起来，使无言成为一件决定之前的预言。就拿我来说，如果有一段时间没有向朋友或亲人写信，他们就会来信问：是不是又有什么新打算？那时我只有震惊。因为我正在准备着新的计划。

假日旅游常用名词词典

　　旅游广告：就是在一年前就开始在各个城市散发的各种承诺，这些预约的承诺总是让拣到它的人们感到春天般的温暖，让习惯了都市冷漠的人们感到只有通过出去旅游才可能重温人间真情；就是让口袋里稍有有一些余钱的人们看到，今天不把它花出去，明天就可能会感到遗憾，旅游广告是世界上所有甜言蜜语的总结和荟萃。谁要想为远方的女友写一封情书，不妨找一张这样的广告做参考。

　　旅行社：就是那些伴随着经济发展而出现的、教人们怎样花钱游山玩水的单位。他们的主要成员通常应该有熟知中国名山大川的导游，再严肃点说，这些导游是经过国家严格培训并取得资格证书的人。但我们无法排除在放长假期间，有些旅行社把从未到过旅游目的地的导游请去帮忙，带着二十几个不明真相的客人在某帝王陵墓或"皇家浴场"滥竽充数。

　　导游：他们在一年中有两个节日，正好相反。最快乐的节日就是国家放长假，吃饱了饭的人们想到外面走走。这意味着单位的效益将翻番，个人的奖金大大的。因为这时候带团出游，各个有名的景点几乎都是人满为患，导游们除了清点人数，提醒人们跟紧别丢了外，根本可以不去理会任何客人的提问，更不要指望他会主动解说。他那时好像学前班的老师，一副学生安全监督员的嘴脸。最难受的节日是旅游淡季。那时候他们必须对所到之处了如指掌。随时准备回答游客无休无止的提问。

游客：为了省事，大多数的人们已经放弃了自助旅游。一切的打点都交给了某旅行社。至于最后自己到了哪些地方，那里有什么，自己有什么感动，她或他一概不知。只知道一年时间的积蓄在几天里消逝。

W. C：旅游高峰时期，它是世界上最昂贵的厕所，尽管设施可能是最简陋的。

节假日：过去曾是中国人睡懒觉的日子。现在的节假日长了，也没有什么懒觉可以睡了，就出去玩。它成为许多年轻人谈恋爱的最好借口，它曾一度成为公款旅游的遮阳伞，也是一些地方人满为患的罪魁祸首。

人文景观：是那种民俗和游戏结合在一起，让大家在玩乐中会心一笑的地方。吃一点风味小吃，参加一次别致的婚礼，和当地的姑娘跳个舞什么的。能开发的人文景观已经开发，大多数人在一个长假里都集中到那里，反正交了钱就是来这里玩的，但游客一点也不考虑这里的人文景观是不是能承载他们太多的人流和拥挤。比如那千年的孔府。

自然景观：要说自然景观，目前可能只有到沙漠或者人类尚未到达之地寻找了，因为人类的力量是如此伟大，在地球上活跃了这么多年，他们已经凭借着自己的远大志向和高超科技把可以使用的自然都用了。如果要找到没有人工雕琢痕迹的自然，恐怕难于上青天。所有那些仍旧称作自然景观的地方，你千万别认真地看待，以免期望过高。所有自然都是人的自然。那些景观也都成了人工化的。

门票：一种和物价一起上升的票据。一种进门的通行证。但绝不要以为进了这门就可以在门里的所有景观前驻足。大多数景点儿会很艺术地被另一道墙掩着，要想看墙那边的景色，需要再出示新的门票。同样需要你再次掏出钱来。

旅游专列：突出地显示了一个地方对另一个地方构成的诱惑。比如从杭州开过来的这趟到泰山的旅游专列。原来泰山只是北方人向往的地方，现在人间天堂的江南人也到泰山来了。你能说泰山不是一种诱惑吗？

字条集（选章）

1. 医院已经成了百姓头疼的对象。看病就等于花钱。即使一次小小的感冒也要好几百。医生们给你开最贵的药，不论大小病，来了就"吊瓶"伺候。还有的医院更黑，把自己熟人的医药费用开在你的药单里，如果你不去仔细查对就要被"黑"一把，我就遇到这样的事情。当时心软了一下，医院退了多收我的几百元，就没有给他们曝光。但如果我没说我是记者，如果我没有去药房查对，谁又能知道这样的黑幕。我那次真该通过媒体给那家医院曝个光。因为我感到，他们依然在继续"黑"下一个不知情的人。

2. 穷人是不能生病的。一个农村来的大嫂抱着出生20天的婴儿，挤在空气污浊的门诊大厅和众人一起打吊瓶。问为什么不住院。回答，太贵了，住不起。

3. 一个人还是要有些敬畏之心的。尤其是对不可知的命运。只有这样我们才会尊重别人，也才会约束自己，并对身边的每一件悲欢都有所悟、忏悔或感恩。才能越来越让自己活得问心无愧。如果是老师，他在讲台上讲课时就会无比自信和坦然；如果是作家，他在写作时就会极其真诚而坦荡；如果是官员，他将是热情且富于智慧。他们将因此而充满力量。

4. 现在的文学作品除了好玩、好笑，已经看不到感动了。更不要说硬挖掘出来的意义。读一些现代诗歌更是如此。大家都在卖弄技巧，很少挖掘内心的真实感受，或者让真实的感受感动自己，然后去感动他人。没有。他们如同农村里的水车，自顾自转，每次都有东西出来，可每一次都在重复自己。单调而没有生气。

5. 许多人自我膨胀，自以为自己是大师，对别人指手画脚。如果提的意见是对也罢，常常是没有阅读和观察，单凭印象就下结论；要么是天下老子第一，一副南霸天的架势。这样他就可以骂任何人，他也希望任何人来骂他，多年的修炼已经让他觉悟到：这个时代要想出名早，就要厚着脸皮骂别人和让别人骂。

6. 电视连续剧《汉武大帝》上面有很多妇女再嫁的故事。而且男女间的感情似乎从皇帝开始就没有阶级、门第的阻碍，有些不相信，后来看了看蔡东藩写的《前汉通俗演义》一书，发现电视剧还是基本符合当时背景的，至少让我了解到在西汉时期，在皇家生活里，门第和阶层的分别虽然明显，但还有着基本的人性和真情。这是令人佩服的地方。

7. 光武帝刘彻可以宠幸歌妓卫子夫，并废黜出身高贵的皇后阿娇让卫子夫成为一代国母；其母王太后尽管在被招进宫时已经嫁人，而且生养了子女，但还是受到宠幸最终成为景帝的皇后，不简单。还有那个平阳公主，可以屈尊下嫁给本是自己驾奴的卫青也是了不起的壮举。这些行为比现在市面上动不动要门当户对的小市民开明多了。

8. 孩子天生有对事物的好恶。他们不喜欢吃的东西，会竭力回避，比如药；但对于糖有着天生的亲近，可以不吃饭但要吃糖。现在有的大人连孩子也不如，他们从来不表现出自己的好恶，他们从来都在伪装着生活，对领导对人群对自己。

9. 这个时代，凡和电视剧结缘的都能在一夜间暴富。写不好小说的写电视剧有时却能写好。而且碰见那些小说家也不会矮几分。因为他们每天写的东西比小说还赚钱。东西的好坏就是看赚钱不赚钱。当代人已经找到最有力的评价标准。所以，那些还在写诗的人干脆别说自己还在写诗，那会让许多人感觉到一股刺鼻的寒酸。国情就这样！

10. 一位女老板，说是慕名来请一位知名作家当她的文化公司顾问。说了一大堆好处。她知道和知识分子谈生意最容易对付了。因为知识分子一般羞于谈钱，所以先把条件说的天花乱坠，最后一点小意思就可以把知识分子打发。这一招最灵了。可也有不灵的时候。现在的知识分子也懂得合同书是怎么回事了。

11. 年轻的时候老想着要做一名伟大的人物。比如作家，比如国家领导人，比如大老板。后来发现这样的梦其实很虚幻。把握住眼前就已经很不简单。所以就不做梦了。结果也不说梦话也不梦魇也不梦游，每天都睡得很塌实。第二天的效率也很高。结果，我做成了自己想做的一些事情。

12. 就要告别自己兼职的这家学校。我事先给他们照了像。这个班是个大堂，其实有2个班的学生，共84名同学。每4个同学一组照合影，然后把他们自己找到剪下来贴到我的留言本上。同学开始做了。后来有人说：老师这些合影能不剪吗？我们想留着。我们贴标准照好吗？我说好。我本来是怕大家麻烦，既然大家都希望留下合影那就贴你们的大头照吧。

13. 同学们问我：马老师，下学期你还给我们上课吗？我愣了。最后说：不上了。下学期我要写毕业论文没有时间了。他们说：还上吧。我们喜欢你的课。我说：大学语文已经上完了，你们就没有文学课了。他们说：那你给我们上别的。我说：上什么呀。他们说：专门给你开一门课。

我喜欢他们!

14. 看到报纸上说,一个大学生因为导师给他的毕业论文题目太难,他竟然给导师泼硫酸。真的很可恶。但学生为什么能有此举动,恐怕要问他的导师。因为研究生教育在中国其实就是导师负责制。那背后一定是一个重大的教育话题。

15. 老婆因为连续地照顾感冒的女儿,在女儿病好的时候倒下了。带她去医院打吊针的时候我在想,生活其实就是两个人在需要时候的搀扶。而回到家,我要事先通知父母,让他们将女儿带到另一间房子里玩耍,为的是不让她看见她妈妈。因为她的妈妈生病了,不想传染她。到现在为止,老婆在她的卧室里呆了两天两夜了。白天不发声,夜里不点灯。她说:这次的流感太厉害,绝不能传染给任何人。

16. 十多年前的同窗搞了一个校友录。刚开始才十几个人。一年后班里的同学几乎都来齐了。他们都是通过网络找到班级的。大家好像又要回到十几年前的大学时光。男生女生在网上说笑着。网络拉近了人们的距离。但网络因为虚拟也制造了许多虚幻的时光。

17. 当回头望的时候一定会有很多值得玩味的东西。比如大学同学之间的一些故事。通常上大一的学生都愿意搞"友谊宿舍",那时候中文系每个男生宿舍都和女生的某个宿舍搞了接对。大家互相帮助,关系也很快融洽起来。但一天男生们发现女生同时还和另一个学校的男生宿舍成了"友谊",顿时大骂,发誓断绝来往。十多年过去了,大学男女同学在网上相遇,互相说起来都还坚持着过去的主张。谁也说服不了对方。男生想挽回过去的面子,女生说过去根本没想过驳男生的面子。这成了一个历史公案。

18. 给学生改考卷,一位学生很热心地要求帮我算学生的考分。我相信了他。不过为了谨慎,我要他只用铅笔算出总分,最后我来复核。我改完卷子的同时他的总分也都算好了。我基本上是准备按他算的总分登记的。突然我发现一个卷子的分数似乎不对，本来可以得 91 分，结果对方只给了 78 分。我停了下来。接着我开始放慢速度看分，结果又接连出现了许多同学的分数被算错的情况。规律是高分一般都给降了下来。某几个同学能及格结果成了不及格。我怀疑是眼前的这位同学在捣鬼。我不动声色地问：你数学是怎么学的。他有些惊慌：说要不他重新复核。我说：我已经不信任你了。

我没有点破这个孩子出于什么原因要这么做。在下班临走时，我只告诉他：以后走上工作岗位的时候，如果还这么马虎那就是无可救药的缺点。

19. 现代一些所谓的批评家从来不读当代的作品，当每每出现在当代作品讨论会上，用评价鲁迅评价郭沫若评价他研究的现代文学家的视野和思路大发议论，以掩饰自己对当代文坛的生疏。话越说越多，马脚越露越大。

20. 一些诗歌评论家，很多年不读当代诗歌作品了。上课的时候也一直教育学生们，只读中外古今的经典，当代不要去读。可他却在做着评论当代作品的工作。尽管诗歌已经读不懂，还在做着诗歌评论家的角色。因为这个行当还有些声名可以冒领。大家都在争山头的时候，诗歌评论的山头自然少不了这样的人。

21. 吃饱了饭，无所事实地评论谁都可以去做。特点是无伤大雅，而且可以在评论界混个脸熟，如同电视中不断插播的广告，谁都在看，谁都在骂。

22. 文学创作界，无论小说散文还是诗歌，感动的力量越来越少。是现代读者的心灵麻木还是创作者缺少感动心灵的力量？

23. 还有个恶劣的习惯：现在的文坛提到作家似乎只是指讨人喜欢的小说家，散文和诗歌都被忽视了，至于其他的创作者更是被忽视着。这种风气正愈演愈烈。尤其在诗歌口语化、散文大众化的今天，小说家独占鳌头的情况确实令人费解，是作者们不努力还是社会主流意识在硬性引导？

24. 最讨厌的是韩国电视剧。人情事故都是那么虚假，看不到那些人真实的内心世界。但现在韩国影视在中国大行其道。都说羡慕韩国人的谦恭和卑微。是啊，中国人千百年来已经习惯了这样的谦恭和卑微。老年人最喜欢了，他们可以找到做皇帝的感觉。中国的官僚们也一定会马上喜欢。

25. 现在供职在中国社科院的校友户晓辉先生的新著《现代性与民间文学》的后记里，我读到这样一段话："越读书越感到无知，也越觉得谦虚是发自内心的一种需求。"这是一个读书者的境界。这样的境界是导致一个人在智慧大海中畅游的先觉条件。他感觉到了智慧的魅力和对无边世界的敬畏。因此他将得到更大的提升。

26. 杜拉斯在《写作》中说：我明白了在写作时我是一个远离一切的孤独的人。写书人和他周围的人之间始终要有所分离，这就是一种孤独，是作者的孤独，是作品的孤独。写作开始时，人们会想，自己周围的寂静是怎么一回事。白天的每时每刻在任何光线下，在屋子里几乎每走一步都会这么想。写作，除此之外什么也别做。写作，那是我生命中唯一存在的事，它让我的生命充满乐趣。我这样做，始终没有停止过写作。

我从这位女性那里看到了坚忍不拔。是令人肃然起敬的女性。有些女性作家的造作和无病呻吟，尤其是时下的一些所谓美女作家，作秀的姿态实在让人作呕。

27. "我一生中最爱看的书，我个人爱看的是男人们写的书。米什莱的书。除了米什莱还是米什莱，看得令人流泪。"看来一位作家内心深处还是有自己最钟情的作品的。她从那位作家那里找到了自我。找到了一生。

28. 每天都要到天涯社区来读文章发文章，主页上前几天一直看到一个关于"浮玉"的纪念活动，没有在意，昨天去学校借书还书然后到操场上打球，同学们说"符郁"死了，听说是煤气中毒。后来他们说到我的一位好友，我才明白过来，这个"才女"竟然是我见过的，是我一位好友的大学女友，那位好友毕业去了南方音信杳无，此刻，他心里该是多么难过！因为记得他给我推荐他女友文章时说：她太有才气了。你看这是她写的小说。

事情好像还在昨天。朋友啊珍重，也请符郁在天堂一路走好！

29. 同学们都在积极努力地发文章，据说一些同学为发文章，只要那家学术刊物要版面费就给，因为多发可以评奖学金，花几千还可以挣几千，而且毕业也好分配。于是掏钱发文章的越来越多了。我不知道这样的学术还有什么意义。那些所谓的学术刊物在要版面费的同时还能保证学术的纯粹吗？

30. 据说凡是和电视剧结缘的都能发财。最近电视台的同学要求我给写几集电视短剧，稿酬不菲。可我终于知道什么是制造和难为人了。搞这个东西在我看来除了钱的诱惑外，缺少起码的创作快感和乐趣。然而我还是决定写下去，原因我心里很明白。

31. 已经到了失眠的地步了。不是为国为民，是为自己。和许多博士生一样。我们开始为今后的出路担心。怕毕业后分不到理想的大学。也有不担心的。今年要毕业的一位据说已经早早把工作落实了。因为他发表了大量的论文，成果卓著。担心是没用的，除了自己的努力真的什么也帮不了你自己。

32. 完成了《浅论张爱玲的怨妇形象》（12000 字），加上已经发表的《历史语境中的现代叙述》（8000 字），感觉自己关于张爱玲的相关研究可以告一段落了。喜爱这位作家，现在正是向她告别的时候。下一位重点研究的作家是毕飞宇。两年前就告诉过毕飞宇自己要写他的相关论文，没想到耽搁到现在才动手，有些愧对这位作家朋友。新近知道他的作品《玉米》获鲁迅文学奖，真为他高兴。

33. 前日去学校还书，并拿到由文史哲研究院的研究生张慧欣发表在

《山东大学研究生学志》第 4 期上的我的专访《路遥知马力：马知遥的诗意人生》。好像是对自己的鞭策。有时候需要自己给自己喝彩，也需要同行者的掌声。尽管这只是学校的一份杂志，但比过任何媒体。我宁愿看做我学术生涯的一个好的开始。

34. 连续八天的高考网上阅卷试评，累得不轻，8 天挣了 1100 元钱，真辛苦。据说这样的活在北京上海等地都在 3000 元钱以上。一般人是不会干的。来自全省各地的六百七十余名教师和山大山师大的研究生们在一片怨言中把工作进行完毕了。大家说如果就这样参加真正的高考阅卷那真是草菅人命啊。我决定不再参加暑期的高考阅卷了。

35. 回家来收到了著名评论家和诗人徐江的诗集《杂事与花火》以及他最近主编的 2005 年《葵》。仔细阅读起来。对这样一位兄长心生敬意。在这期《葵》中，收入了我近年来最为得意的一些作品。《平凡》《河流》《草莓》《病》《单身》《结婚》《英雄》《苏醒》《黄鹤楼》《也说化蝶》《流传》《大地上的羽毛》《距离》《前世与来生》《平凡的事件》（选章）。我打量着这样一个用了近 20 年依旧对诗歌对文学痴情不改而且越发纯粹的人的历程，体验他的内心。我找到了榜样的力量。

36. 2004 年可以留下来的诗歌不多。但还是感谢天涯网，让我坚持写作，坚持了近一年。每天写作的感觉挺好的。但天天尝试网络写作的欲望开始减退。因为我发现那样虽然可以激发你创作的灵感，却也让你在网络上浮躁不安。我仍旧要回来安静下来。不至于让我忘乎所以。

37. 收到宁夏诗人马占祥编辑印刷的民刊《半个城诗刊》朴素认真。褐色的牛皮纸。还有诗人凸凹的诗集《桃花的隐约部分》。尽管诗人们生存艰难，但什么也难阻止他们要歌唱的欲望。唯有敬意。对于这些同道我们还能说些什么。

主持诗歌朗诵会

38. 今天是小年。这在中国意味着已经开始进入"忙年"的时间，是春节的倒计时阶段。而这一天，因为济南烟花爆竹的开禁，在天还黄昏的时候就响遍了爆竹声。把正在熟睡的女儿从睡梦里惊醒。没完没了的爆竹暴躁地响在各处，此起彼伏。我有些讨厌这样的节日了。已经习惯安静过节的中国人们，不知道爆竹解禁后你们是否适应这样嘈杂的日子。我以为，爆竹重新燃放不代表文明的进步而是相反。因为随之而来的人身和财产安全问题成了大问题。愿上帝保佑！

39. 多年前报社的一位同事给我留言，说：看了网络上你的《八月的新娘》，让我那颗早已对爱封冻的心融化了。感谢你的诗歌。同时祝福你们。这样的留言我已经收到了很多。到目前为止我一直认为《八月的新娘》不算好的诗歌，因为是谈恋爱的时候写的，有些太多的激情和直白的抒怀，看不到现在我的诗歌中的成熟的思想和技巧。我一直以为那些是我以前失败的作品。那么多朋友谈起她让我渐渐感到一点：真诚的东西是可以不管技巧的。至少她把握住了"真实"这一创作的前提。

40. 一个人曾经被我认为是心中最可信赖的人。然而，他除了一再地向我许诺并信誓旦旦地表达他无边的权力外，不曾真的帮助过我。后来我不再对他存在幻想，而是努力地靠自己的力量往前走时才发现，其实路很多，而且我自己就能走很远。当对别人存着太多幻想的时候，就是失败和沮丧的时候。有一天，有朋友问起他来，并谈起那个人对朋友的许诺，我有些担忧。因为我看到又一个要失败的人。但我想这样的失败需要他自己亲自去经历。

41. 大学毕业自己选择工作，工作不久自己选择辞职，后来自己选择学习，选择写作，选择学术之路。这些都是我自己选择的。当初没有一件顺利地通过父母和旁人的同意。他们早就放言我会吃苦的。然而尽管一些话已经应验，少年时代的我的确做过许多傻事，但不亲身经历又怎么能判断好还是坏呢？我庆幸自己亲自经历了那些年代和事件。我成长起来了。

42. 网络其实有很大的坏处。一个家里上网的人只要可以随时可以上网，那么他一天中的一半时间是在应酬中度过——应酬网上那些所谓的朋友们。对一个很要面子而且有交友缘的人，那就会没完没了地"回复"和"感谢"。那些本来用来读书的时间不知不觉就溜走了。所以，一个理智的人千万别在家里上网。他不仅占据了你和家人谈心散步和快乐的时间，也夺去了你思考、读书甚至写作的时光。这多么可怕。

43. 我 2000 年开始上网。时间不短了。耗费在网上的时间实在太多。想来真的很心痛。

44. 这几天重新读了南京作家毕飞宇的小说《玉米》《玉秀》《玉秧》和他的《青衣》，我在酝酿对这位作家作品中的"怨妇"形象进行分析。同时我在重新读陈忠实先生的《白鹿原》，这书多年前就读过，今天读来还是很有兴趣。这里的人物也需要我动用先进的小说理论去解读。有时候想，学问不是靠别人吹出来的，真的需要下苦功夫。我希望我能安静下来。

45. 看了诗人老了的博客。发现他的多篇文章都无意中提到了我对他的帮助。在严冬和其他一些朋友的博客里我也看到了大家对我的评价。感觉自己不是一个孤独的人。还是有些朋友的。

46. 电视上媒体上都在报道，说流脑肆虐，安徽已经死人。这样恐怖的事从我上小学时代就听说过。记得每次听到这样的事情大家都在惶恐，在打听周围谁得了流脑。结果大家都好像是在枪林弹雨中挺过来了。想想人这一生真的很冒险，不知道要经历过多少波折才能抵达到生命的彼岸。我们都是幸运而磨难的儿童。

47. 开始重读《白鹿原》，这书在 10 年前就读了，现在再读突然好像已经很陌生，有读一本新书的感觉。记得曾经在读完这本书的时候还写过一个评论。对其中一个敢于反抗的女子——小蛾进行了坚决的赞扬和褒奖的。而现在再读的时候，竟然在怀疑当初读这书时感觉。同时开始怀疑自己的感受。因为书中的小蛾只能是一个让人同情的弱女子。她的行径其实是淫荡而且无耻的，当初我怎么能有那样的感受？时间过去，我现在有些看不清来路了。

48. 昨天去书店找到了林白和陈染的书，买下了。因为我的论文需要涉及到这两位当代女作家的作品。后来看到莫言的《檀香刑》，这是本在图书馆借了很久都未得的书，突然看到就买下来。临走又看到了韩寒新作《长安乱》。想想对这位少年作家一无所知，应该了解也就买下。花了 100 大洋。本周和下周可有书可看了。回家路上想起了那套《莫言文集》，想早晚要把那套书搞到手。

49. 中断了的随笔开始继续。现在是 2005 年的秋天，但却是炎热的秋老虎的天气，非常闷热，比夏天的日子还难过，好在呆在家里，开着空调看书写字还不错。这两天为了调整论文思路，索性放开一下，读了其他的一些书。有《钢琴师》，读得情绪紧张而愤怒，感到战争对人性的戕害，对知识分子处境的同情。后来读杜拉丝。以前读过她的《情人》，深深为她的叙述能力而吸引。开阔而迂缓的叙述，超然的姿态都是我欣赏的。她的口吻是外祖母的口吻，是权威而亲切的，不容质疑。现在读《广岛之恋》。

50. 一个人的心境是可以受外界影响的。比如多看些阳光，你会感到温暖和希望，而老看到死亡你会感觉命运的神秘莫测。在学校的 BBS（网上论坛）上，看到一位年轻的 26 岁中科院博士生跳楼自杀。遗书上注明死亡原因竟然是：厌世。

球友记

多年以后，当我回头去看当时在排球活动中为球友写下的文字，却发现如此亲切，尽管只是一场场健身活动，我们却认识了人性的善良和美好。用这样的文字给后来的朋友们，也希望能唤起他们的美好情愫。文字是美的，生活是美的，人是美的！

排球大爷

一开始就和球友们礼貌地称呼他大爷，竟然没有问过他的真实名姓。去年的时候新校打球的不太多，每次来的人就那么七八个，大家凑合着打。打球的人都知道，比赛中二传手是队伍的灵魂，而来打球的各位纯属个人喜好，很少受过专门训练，所以能传好球并且有一定组织能力的人少之又少。所以，一般情况下，大爷总是被邀请到场地给大家传球。大爷家就在山大附近，当过兵，据说打球是从年轻时代就开始，已经有了几十年经验，光在山大来打球也已经有十几年。所有打球的人在心里都对他很尊重。

没有谁敢说自己比大爷更熟悉山大的排球水平。按大爷自己的话："每年我看着一批人刚走，马上就有一批新人进来。"当时我属于新来的人。

对新来的人大爷总是尤其客气。每天下午四点半大爷总是头一个骑着车悠悠而来，我曾经想，如果在古代，大爷定是那骑驴高歌的雅士。别看他64岁了，传球的姿势和奔跑的劲头，不了解的人还以为他只有五十出头。大爷每听人夸都不以为然地说：打球打的。是的。对排球的几十年的热爱，让这个老人充满了活力。

一次比赛，大爷照样给大家传球。也许是一传不到位，大爷在飞身救球时，不慎让球碰了一下下巴，我们眼看着一样东西从大爷的嘴中掉下，都惊住了。还没等我们回过神，大爷已经迅速地从地上拾起那东西看都没看就塞进了嘴里，并大声说：集中精力啊，继续发球。

一时间的沉寂。突然大家都爆出惊天动地的笑。

刚才是大爷一激动把假牙打掉了。

球友们笑得前仰后合。几个人忍不住抱着肚子蹲在了地上。

大爷也笑了。

比赛继续开始，所有接球的人几乎还没忍住笑，把球接得到处乱飞。充满了欢乐的排球，充满了戏剧性的球场，也让我们记住了戴假牙的充满敬业精神的大爷。

一开学，球场上来打排球的出奇得多。每天都要分好几场。从外校和外单位来了许多老山大人。大爷就主动让贤，在球场边和一些新手练球。教他们接球的要领，和扣球的方法。每看到那一幕，我都在想，我去年来山大打球时，最早认识的不就是他吗？当时不就是他认真地给我介绍着山大的排球形势吗？多好的长者。

有时候大爷看满场子都是人就不打球，拿出随身带的跳绳，一口气跳许多。然后转身到一边的单杠旁边坐下，拿出随身带来的二胡悠闲地拉起来。

那种时候我们打球就特别容易走神，因为那幽咽的琴音实在悲凉，好像我们都是一帮生活在旧社会的苦孩子。接球没劲儿了，扣球也特别婉约。

那时候，我觉着大爷更像个智者，满脸写着人生，眼神里却载着纯净的音乐，在晚风中暮色的校园神游着……

第一次上山大新校的艰难历程

鄙人32岁重回校园，第一件事就是去找排球场。第一次去发现场上一六旬老者正迈着走钢丝一样的大步奋力扑球。一些年轻的大学生高呼小叫地救球扣球。

怯生生站着看了许久还是进了场。毕竟毕业十余年，再没摸过球。刚入场就见对面一球猛击过来，旁边一白衣少年大叫，快看球。结果让我垫飞。

"不要紧，不要紧，再来。"白衣少年过来对一脸惭愧的鄙人说。

此人在哪里见过，猛想起，报名时，他很严肃认真地对照了我的录取通知书，而且给我安排了宿舍。再想此人在哪儿见过，对了4年前，曾去他们宿舍，去找一位作者，此人正在那宿舍里。当时觉着他像张信哲，后来觉着像安什么泫的。

不能再回忆了，球又来了，又接飞了。

此刻一小个子球员眼睛斜视地小声说："哪里来的，根本不会？"

接他话的是一高个儿，细眉大眼，不笑时也一脸慈祥的笑，笑的时候不多的几根皱纹里添满了阳光。他说："谁知道？他好像认识他。"

那时候鄙人正狼狈地去捡球。在球场上，越是打不好的，就越勤快，老是主动跑着去拣球，而那些所谓的高手是轻易不去的，他们总是一副小康人家的样子，看着不辞劳苦的初学者。

鄙人在奔跑使想到最多的是："瞧你们那小样儿，我打球的时候你们还在和尿泥呢。

球场小帅虎：陈指导

他年龄不大，却已经是博士二年级了。除了大爷他是现在排球场上的第一元老，据说原本还有个化学院的张博士（大家称他张博），但因为不经常来，所以元老的第一头衔自然属于陈指导。陈指导的名字是我起的。原因有三：国内最火的女排教练陈忠和就被队员尊称此名。第二，该博士也姓陈（为了个人隐私问题，暂隐去真名），还有最关键的第三条，他自学了大量的排球知识，技术全面，经常成为场上的核心。

一般情况下，陈指导每天都在下午准时出场。他的来到总能让场上的球友们眼前一亮：老远女生们就大声说：陈指导来了。语气中带有的期待和欣赏不言而喻。男生们则比较含蓄，边练球边说：哈，他来了。也是透着欣赏。

陈指导常见的动作就是先到场地一边缠胶布。因为打起球来他总是不遗余力，不缠胶布手就容易受伤。然后就会像只猛虎窜进场地中央和大家练球。通常他总是发出锐利的"打——"的声音，手起球落，而且连续扣球，让对面接球的队员应接不暇，这样训练的小高潮就出现了。刚才默默打球的都活跃起来。

一般热身半小时后，看来的人差不多，陈指导就招呼大家上场打。他通常是二传的角色，因为学生中没有技术更全面的了。他每每引为遗憾，好几次要充当扣手，发现二传不行就只好自己亲自上场。

一上场大家都会有些紧张。因为陈指导马上会严格起来。他冲着那屡屡接不起一传的人先是说：没关系，再来。但如果你是老队员了，已经打了很长时间还老出错，他就会毫不容情地当众说：你能不能把球接好呀——你一传怎么回事？给对方个大红脸。

打的时候他简直是满场乱飞：左突右拼。艰难的一传只能给这个二传带来无穷的压力。对不符合规范的队员，他会跑到他身边，小声指导，并示范。常听见他在说："重心下移，两臂夹紧。"

他有句名言是"蹲得不够彻底。"是针对刚刚被他训练要当二传的阿西说的。那次阿西没有将一只挂在网上的球传起来。陈指导跑上前很严厉地说："怎么回事？你蹲得不够彻底，这球能处理的。"

大家就笑了。还怎么彻底呀，趴地上呀。他不笑。他那时两眼闪着大无畏的光，随时准备扑救的样子。有时候，比分实在落后，或者队员不在状态的时候，我们常见到对面的陈指导紧紧咬着牙关，做拼死一搏状，两手握成拳，在胸前一举："加油啊——打出点儿活力来！"

当然场上的陈指导高兴的时候居多。如果他带的那帮打出了好几个好球时，他会情不自禁地和满场的队员击手相贺。拍得某些队员只甩手，说疼。

最近陈指导正在训练一批女队员，那6个队员是自由组合，来自不同的系。不出两月，每个人的一传已然了得，开始上场和男生打比赛了。不过昨天，因为上场没有经验的缘故，女生的一传老接飞，让陈指导累得发疯。他几乎是满场乱飞地去找球，只差像排球大爷那样"满地找牙"了。

起名叫他"小帅虎"是因为他长得有明星相——又像张信哲又像那时正火的韩国明星安什么泫的，打球虎虎有生气的样子让山大新校的排球场因他而充满春光。

球场笑面虎：小谢

此人天生的娃娃脸，任何时候都是一团微笑。如果大笑起来每一根眼角纹里都透满了阳光。小伙儿一表人才，刚刚从考研的战火中脱颖而出，成为那场硝烟中的幸运儿。

即使在考研的艰苦准备阶段，我们在午后也能看见他骑着学生们常见的旧飞鸽缓缓飞近，然后默默地笑着看场上的我等卖力地扣杀。他那时候大多数时间是看，有时候大家招呼他他也只是笑笑不上场，他看一会儿，好像叫花子对着美味的餐馆里的食物吞咽口水，然后无奈地骑车离去。我们知道考研对他的压力。觉着考研真是另一种对人性的伤害。

好几次，可能当天复习效果显著了，他也会不要命地早早来干一场，最拿手的便是三号位快球。仗着身高的优势和娴熟的技法，他的成功率总是很高。考研结束的当天下午，他就穿着进考场的衣服，来不及换鞋就冲进了体育场。后来他开始天天来了，再后来一天他提出请各位球友吃饭，因为他考上了。

他有个特点：身体松弛，因此显不出他一米八的个头。但扣球时，松弛的身体和弹簧一样立时就有了劲头。这样外松内紧的人我头一回见。

他的人缘好是公认的。所有从外面来打球的人，来了都首先和他打招呼。笑脸成了他的招牌。

也可能是他三号位的扣球给人留下的印象，他也成为外面排球高手仰慕的对象。

他和陈指导的风格不一样。当陈指导耐心而认真地给新手介绍打法时，他总有些冷眼旁观，颇有不会打的人趁早靠边儿的意思。打球时他对自己的扣球从来不叫好，对球友的赞赏总是不领情的样子，大家都说：看上去和蔼可亲，实际上心高气傲。

可你们不知道，他实际上是不知道该怎样表达他自己。因为他属于"80后"的。离开我们"70后"这些老茧子不知道多少辈呢（按照时下说法"三年就是一代"计，我觉着看着他我必须立马长出白胡子）。

球场霹雳虎：张大帅

我的新疆老乡。和他很投缘。打第二次球的时候就知道他是新疆来的。而且他很诚实地告诉我他已经毕业一年了，不想回去，所以继续呆在山大考研。

在排球场上他算最早来到的人之一。最大的特点是留一撮新疆人的小胡子。而且一口雪白的好牙。头发微卷。一年四季在球场上都穿着单薄的衬衫和牛仔裤。最夸张的是，一天我穿着血红的羽绒服在校园缩头狂走时看见前面一人手拿一网袋，袋中一球正豪迈地走在前面，这也罢了，吸引我眼球的是那人穿一身夏天的衣裤，那人就是张渊——在我心中油然生出一份敬意——抗冻性真强，适合给冬天的太空棉衬衫做广告。

他最大的特点还在排球上，弹跳好，通常好像在空中飞行般救起各种险球，尤其是他的大力扣球，恨不能把地砸出个洞来。

性格开朗是他有人缘的关键。后来春节到了他要回家，我托人给他买了回家的车票，那时打球的人都说我们盼着你早点回来——那有好几层意思：金榜高中来上山大的研究生，另一层是朋友们对他的喜欢。

没有他的联系方式。临走时他和我们去歌厅唱歌，很深沉的低音。那属于新疆那片土地的嗓子。我心里想：祝福他吧。

现在我只想说：我相信凭他在排球场上的叱咤风云的气概和乐天向上的性格以及抗冻性，他已经具备了强者性格，他必将会成功，不用在乎一时的得失。

球场乖乖虎：笛声

虎头虎脑，样子很憨厚的样子。见到陌生人就要脸红，很羞涩的样子。

这人可是高手。做过海大校队的主力二传手。因为是山大子弟，可以说对山大的排球了如指掌。

他刚来的时候不显山露水，甚至不苟言笑。有时候甚至有些冷漠。后来才明白他是看在场的人的排球水平。当时最让他注意的是我们的陈指导，他发现只有陈指导的二传过关了。

因为经常见面，开始和笛声打招呼。但还是不怎么亲近。因为你看不懂这个少年的内心。说好话就是有些少年老成。

后来他也许是终于"忍无可忍"了，有一天主动对我说：你可以这样这样扣球，这样你就能把力量用上了。后来我试了试，发现扣球水平大为长进。

又一次，他看我扣了几个好球，大声说了句：好。

然后很温和地说：你现在可以考虑手法了。他接着给我做了几个示范。我很快就领会了他的意图，并应用到了实战中。

我发现别看此人年龄小，很懂得心理学——其一，他首先让你不觉着自己不行，有毛病，而是感到自己很行了，他只是在教给你绝招。其二，他让你首先认为他只是学生在和你切磋。他总在说，他们教练当时怎么训练他——其实那种谦逊的态度里包含着一种营养。所谓谦谦君子莫过于此，所谓良师益友莫过于此。

他二传好，很快就被队员们发现了。所以只要他在场肯定是他二传。沉稳而老练，善于组织的能力马上就显示出来了。

有许多外校有名的扣球手也来山大打球，有一位叫大老李的，少年时代在体工队呆过，扣球凶险。结果来山大就抱怨没有好二传，硬是把陈指导和大爷气坏了，只要他来，两个二传都不传球了。因为他太挑剔。其他球友也不愿意和大老李一起打球。那时候笛声不明白原因主动当二传，结果大老李大加赞赏，说以后你就给我传吧，你水平太高了。

博得一个怪人的赞美是很不容易的。可见笛声的水平。

但笛声很快就发现此人的毛病，也不愿意给他传球。

有时候笛声也扣球。他扣球如此凌厉，如此变化多端也是让我们大开眼界。而且他原地摸高近三米这也是大家无法比的。

他扣了几次，我大声叫唤起来：那个穿红体恤的别扣球了，你太凶猛了。

其实我那话是透着佩服和赞叹的，是变相的夸奖。没想到他真的不再扣球，而是轻吊或者轻打，也一样把我们弄得一片混乱。后来他轻声说：那次我还不认识你，但大家都叫你老师我就有些敬畏，结果你不让我扣球，我也意识到自己不能太凶，不然会伤人的。

那就是他——单脚飞

在新校体育场上有一个名字很响——单脚飞。几个月前，名字的主人还活跃在山大校园里，而现在它正成为一种地地道道的体育名词在体育场上流传。

我刚来体育场的时候，总听见陈指导不住地冲一个年轻人夸奖：打得好，你现在还需要力量。

后来是：单脚飞，你现在是我们这里得分率最高的球员了！

再后来是：哪天"山大杯"开赛，你是我们的主力。

再后来：单脚飞没有来——

"他姓单吗？怎么有这样一个奇怪的名字？"我问陈指导。

"他姓葛，外号是大爷给起的。因为他擅长单脚起跳，而且在二号位扣球能够屡屡得手。"

多好听的名字。单脚飞。

单脚飞果然总习惯在二号位，起跳果然总是单脚。扣球力度不大，但线路极刁，总能把球扣在三米线以内，而且靠近边界。给对方防守带来很大困扰。

单脚飞每扣中一个球总会双手紧握成拳，抬腕放在腰间，然后单脚在原地做个小跳，满脸都是幸福的中了大奖一样的微笑。

大家看他那样子也都会被逗笑。

有几天他没有来，球友说，单脚飞在网上认识了一个女孩，爱极了她，这几天他正赶往安徽去看女孩呢。

又有几天单脚飞没来，大家说：单脚飞打球的日子恐怕不多了——他正为工作奔忙呢。

就有一次，他又来了。说已经和青岛的一家单位签了。他准备去青岛上班。

球场上还时不时有人惊奇地叫出"单脚飞"，球友们都下意识地去四处看看，单脚飞真的走了，他去了青岛，而现在"单脚飞"已经被打回最初的体育术语，许多朋友都在单脚起跳扣球，好像有些受他的影响。

那天，有人突然说到了单脚飞，大家索性停了下来，几个人模仿起单脚飞扣球后得意的标志性动作，握拳的单脚原地小跳。大家乐得都要趴下了。

对，那就是单脚飞……

阿西哈哈在笑她——男生里的女生

阿西是我在排球场上最早认识的女生。一个个头不算高的东北姑娘。清秀认真，作风泼辣。她也是每天最准时的球友之一。刚开始，她总是被陈指导指点得有些手足无措。而且老被安插在主防的位置，那可是防守很关键的位置，所以，只要是一传不到位，或者防吊球不利，她是最先要受到斥责的。当然那是出自陈指导善意的斥责，通常就是那么几句：你怎么回事？你怎么不移动快点，好了好了再来。

为了将当时排球场上唯一的女性培养起来。陈指导有时候在场下专门训练阿西，在打场地时有时候就专门安排阿西打二传。说是为了全面发展她。

有一次，一传没传好，球直接冲向网袋，并挂在网上，阿西去救没救起来，陈指导大叫：你这是蹲得不够彻底，这球是可以救起来的。

后来"蹲得不够彻底"就在球友中流传开来。这个典故出自这里。

阿西因此也成为男生们暗地里称颂的女中豪杰。好像称颂草原小姐妹一样称颂她：夸她的勇敢和豪气，夸她的刻苦。

果然她后来和男生们打，一点也不弱，而且进攻防守样样都行。特别是防守，被荣幸地和王后一起被称为"张后"。

后来组成女队，她就成为女队的核心。在她心里一定明白，和男生打球磨练了她的技术也同样是她水平提高的秘诀。

同样是学生物的研究生，阿西曾经解剖过动物，作过动物实验，明白基因等等高、新、尖的技术，这样有见识的女生面对凶猛男生的扣球而面不改色是有原因的。我估计，她眼中对面的男生们和更凶猛的动物比较，还算比较温顺的一种，所以，她总能轻松接起一些势大力猛的好球来。

谢谢刘大姐

写写新人，大家要关注。

我们俱乐部年龄最大的是刘大姐，如果没记错，她今年该48岁了。在一个女人不问年龄报刊不问订数的时代，她很大方地告诉了我们她的实际年龄，从一开始就和我们成了好朋友，她过去学过专业，从现在一招一式就可以看去过去的风范。在山大西区打球的时候，她总是最早到达的几个人，她是个热心人，愿意和小字辈们一起乐和，大家的几次卡拉 OK，几次的聚餐都少不了叫上她，她还是一个场上的教练，对所有的新来者都有过准确的指导和判断，我们忘不了她的拿手歌曲，忘不了她喝酒的豪情，忘不了她对所有需要帮助的年轻人的热心，也忘不了她拖着病腿扑救时的执着，因为冬天，她很久没来打球了。现在到了温暖的时候，我希望她能早日归来（毕业十年的今天，当我编辑这些沉睡的文字时，得到远方的一个噩耗，刘大姐因为重病刚刚去世）。

又来排球美女

这个叫冬花的女子，刚开始以为那只是是艺名或者笔名什么的，后来发现人家是爹妈给的名字，叫了大半生了。她性格贤淑，根本和她的扣球反差极大。她是学校女队当年的主攻手。

手法刁蛮，尤其是小斜线的扣球扬名。所以私下里有人叫她王小斜。

她虽然是专业出身却没有任何架子，愿意和所有新来的人交流，并给他们场外辅导。而且最大的品质是，从来不去嘲笑任何水平差的人，而且会用教育家的眼光去鼓励和挖掘新人潜力。

美好的外表和和善的心灵，让我们大家都很喜欢她。她的队友也是闺中好友，另一位重量级美女球手杨杨说：冬花自从来了俱乐部，完全变了一个人，性格开朗了，而且快乐了很多。大家听了，知道那是对俱乐部最好的表扬。

冬花可以去做广告，给缘泉俱乐部：广告词可以写上：如果你不快乐请来缘泉，如果你快乐了还是到缘泉！

她就是那一片虎视眈眈的叶子

球场上大家叫她小叶。被陈指导称为"美女排球队"队长。大眼睛，微卷的长发，走路风风火火。她的出现实在是一个谜。因为最初的时候，她总是在大家打球的时候风一样飘向田径场，让大家有些怅然若失，毕竟球场上出现的女性太少了。

不久她开始在跑步回来的时候坐在栏杆边做了观众，那是排球场上少有的观众之一。和她在一起的就有后来被大家称做"小姑娘"的。她和"小姑娘"不认识，都各看各的。她看的时候还有些羞涩，眼光躲躲闪闪的。让人想到邻家的女孩：几份好奇和几份天真。而这时候我们这边场地上的一个男生就表现得异常出色，弹跳突然之间就如同坐上了汽垫船，有了凌空高度，扣球也虎虎有生气。那个男孩是谁，我们暂且不表。单说这女孩用羞涩的眼光观看男生打球的认真劲儿，着实就让球场上的男生们无形中添了力量。那是观众的力量。

后来，小叶每次都比大爷来得早了，和他一起的还有一个男生。男生陪她练球，从最基础的垫球开始。而且有很长一段时间，男生为了陪女孩练球也不上场了。大家在场上打，他两人在场边练。原来他们是对恋人。

我那时宁愿相信是排球成就了他们的恋情。就有一天，和小叶来练的人又多了几个女生，先是多了 2 个，后来是 3 个，再后来成了 4 个，他们和那个男生一起练球。

不久，陈指导也不上场打球了，专门陪女生们练球。

大家私下里嘀咕：美女的魅力就是大，你看人家陈指导那么敬业的人也要放弃打场地，从基本的垫球练起了。场上一下子少了两个主力，场面就不太好看。情况更糟糕的是，场上的那些人也有些不专心起来，动不动要往美女那边看，一看就分神了，接不好球。

小叶当时是她们中基本功最好的，已经学会甩手腕扣球了。而且往往打得极为投入，对每一个球都采取了奋不顾身的策略，显出一副霸气，颇像一只初生的小老虎。

陈指导和男生们非常欣赏小叶，有时候谈起小叶，他和笑面虎都有抑制不住的喜色挂出来：真有意思，她是我们中的活宝。

想想看，远远跳跃着跑来的女孩，两条小辫左右晃颤着，神气地拎球走近，你看着她灿烂的样子自己也好像灿烂了起来。

飞起来的重型卡车：文章

南方人，标准的南方人长相，身板儿，口音。但却有着北方人的豪气和霸气。出自中文系，研究方言。因此他打球的风格和旁人眼中的中文系人又有了差距。

我很少见他笑过。尤其是面对陌生人的时候，他更是少言寡语。就是在打球的时候也好像在沉思，但当球到时那动作的迅捷只有张博能和他有一比。

身高的局限，是一个主攻手的致命伤。但在他这里不是问题。因为他有过人的弹跳。我们总能欣赏到他四号位跨步腾越的英姿——像一个加足马力的重型卡车猛地向高处冲去，有种刹那间空中停止的美。

而紧接着的是榔头一样将球扣在场地中央，那一刹，恍惚地被洞穿。

说起他的扣球，乖乖虎笛声有发言权——他们曾经打过比赛，有一次，笛声去封拦文章的扣球，手指被打伤，至今还耿耿于怀。

说他没有笑脸，只是外人眼中的印象。

对待熟悉的朋友，他的话就很多，而且也常常开怀大笑。一个女孩喜欢他。那个女孩经常对陈指导说：文章走了几天我就好像丢了魂似的。这颇让众人不解。看那女孩整日里风风火火热情洋溢的，怎么会那么依恋文章？

美女队最初的功劳应该归在文章的名下，是他主动退场陪美女们练球的。而后来美女队的壮大以及队员素质的提高，也和他最初的扶持有很大关系。文章还有一个特点是不轻易夸奖某个人。有一次，不苟言笑的他突然冲我喊了声好，自己也有些不好意思地冲我挥了挥手，我感觉那一刻自己扣球也有些像卡车了。

当青春玉女撞见了排球

小云第一次来排球场时，是为她的两位师兄加油的。为了掩饰少女的羞涩，她胸前挂个相机，那种数码的。来了这边那边地跑动起来，试图发现精彩的瞬间。而那天她沮丧的表情告诉我，尽管她跑得努力，但排球场上的人不太争气，平时训练时各个都好像顶天立地的人物，自封郎平自封杨昊的，等真的面对镜头时没有一个球是真正凭实力过网的。大多数不过，或者靠网袋帮忙才跌跌撞撞地过去了。

找不到精彩的，气得她真想亲自上场给他们做个示范。

我当时看着她误以为是报社的实习记者，心里想，这是哪家报社，拍这个能出什么新闻。后来她几乎天天抱着数码来，来了就拍，有几次大叫着蹦起来，是因为她终于拍到了好的镜头。弄得大家都想看镜头里的人物是谁？

后来她不抱相机来了而是抱着排球。她和美女队员加入了魔鬼训练的队伍中。有两个教练主动而热情地手把手开始辅导。后来据严厉的陈指导说她表现很好，很刻苦，他很满意。而小云自然也练得格外刻苦。每次来了放下书包就跑过来，要求魔鬼训练。而那恶魔般的指导就将一个个势大力沉的球砸向她，她便毫不犹豫地扑救。那时候你会发现她如同一个精灵，如此灵活，年龄小的优势也充分体现，下腰如此彻底而果断，后仰如同舒展的芭蕾，而那些险球也就在她不经意间被勾了回来。你也可以因此体会到长发的魅力，当奔跑找球时，甩动起来那一定是头上长了翅膀的感觉，可以感觉那温柔的风正吹，吹向你——

她很刻苦地训练，也很刻苦地学习。每次到了下午六点总会突然间撒丫子就跑，是去自习室占位子，她还要加入考研的大军，为了心中的梦想努力。而看到她不知疲倦奔跑的时候，谁都相信这样一个活力四射的女孩、这样一个刻苦的认真的女孩，没有理由不成功，而她也已经走在了她梦想的路上。

粤菜和李家美女

在俱乐部早期，故事要说到很远的 5 年前，那时候，我们还都是山东大学新校区业余排球的主力。那时候，凭借多年的排球经历而叱咤排坛的陈指导经常是不辞劳苦，愿意任何一个排球新人或者高手，这样他就在山大杯后认识了当时打败我们的老校哲社系的一帮小伙子。其中就有英俊而球风洒脱的粤菜。

粤菜后来就经常来到新校区打球了。然后陈指导又不断地发掘在球场外练球的美女，让她们更多地进入比赛。那时侯的美女排球队就是陈导一手造成的。而在发展女队的时候，他想到了当时从文学院毕业后到济南大学工作的美女李子，美女李子想当年也是排球好手，但到了济南大学几乎没有机会打球了，主要是没有可以和她配合的队伍。这样她就被陈指导引到了山大新校继续打球。

也就是几次的共同比赛中，陈指导一手撮合成功地让粤菜和美女李子一见钟情，成就了俱乐部里的第二对排坛郭靖和黄蓉般的传奇爱情（此前在球场上已经有一对成了）。

现在他们已经成家有了宝贝。但他们俩在解决了大事后，现在开始陆续归队了。更给俱乐部增色不少。这样俱乐部里来打球的夫妻起码有两对了。真幸福啊。

周　周

这个工学博士，带着留美的背景，有着印度人的长相特征。身材长得"相当丰满"。他最初在山工的室外体育场。后来山工的队员们转战到山大西区后，他也转过来了。他最初是不会扣球的，或者说扣球时只用掌根发生与球的摩擦。到了西区后，很快就有一次拦网倒地后的手腕骨折，这让他刚到西区就突然间离开了很久。

后来他重新出现，水平大进，以二号位背飞扬名。很快他就留学到美国去了，这个洋博士寂寞的时候经常在群里出现，介绍美国那边排球的寂寞程度，告诉我们现在他唯一能做的就是一个人在诺大的球馆里练习发球，和对着墙壁打。

当他重新回国后，最突出的表现是，瘦了。而且扣球线路刁钻了，拦网的成功率出奇地高。这也许就是苦练的结果。不过，有一个最大的变化还在于，过去那个谦和的年轻人有些对球友们过分挑剔了。这也许是作为工科博士的认真，但同时也有些穷人乍富后的自豪——水平高了就有些瞧不起他人了。嘿嘿，毕竟青春时代的人都这样。我过去似乎也有过这样的阶段。

说起那个甲鱼

说起西区排球不能忘记一个人，那就是甲鱼，虽然随着时光的流逝，一些人也将消失在记忆中，但这个人可以让人记住。因为他给人的感觉是，他随时都要回来，而且随时都要来为排球做点什么。

作为西区排球最早的核心人物，他如同目前俱乐部的核心陈指导一样，热心于所有关于排球的事情。印象最深的是，当在炎热的夏天大家打球已经汗流浃背的时候，他扛着一桶矿泉水来到操场上时的那副爽快。他的技术很全面，虽然有着"吨位"很高的体重，但拦网扣球一传都很好，最有代表性的就是他在场地上的滚翻，他那一滚既有效果也有可观赏性，那么庞大的肉体那么迅速地滚翻着，让人诧异，也让人佩服。而且西区的室外场地因为他那一滚，场地上干净多了。

他还是个热心的教练，对新来者总能很有耐心的指点。同时还是活动的组织者，我记得有限的几次球友聚会都是他的积极组织得以实现。

他还有一个标志性的扣球动作就是，用蒲扇一样的大巴掌，很有力地配合自己的一声吼，将球重重地扣到对方猝不及防的胸口。啊，那爽那得意立刻就写在他的脸上。几年前他作为中国头一批男护理学硕士毕业，两年前他又考上协和医院的护理博士，确实非同凡响。

有许多在球场上受点轻伤的人都受到过他无微不至的专业护理。今年该是他毕业的时候吧，如果他回来，那俱乐部该更加热闹了。

游历　阅读　田野

孔范今：点点滴滴，师恩难忘

1

　　人和人的相遇都有一定的缘分。我怎么也不会想到，有一天，我会从遥远的八千里外的新疆小城阿克苏就到了济南生活；也怎么也想不到，我会在毕业近十年后要重新以考试的方式回到山东大学学习。记得那年我还在《济南时报》做一名文化记者，因为有许多关于文化的问题要请教专家，而且当时的报纸对文化的传播还比较重视，经常会举办一些文学笔会和讨论会也要邀请专家们参加，我就成了这些活动的热情参与者和组织者。一来二去就和孔先生认识，而且一起交谈的机会也在不断增加。当有一天，孔先生知道我是一个人来到济南打拼天下，而且对文学有着别样的情感时，他鼓励我可以继续深造。当时我已经毕业近十年了，外语已经被忘记得一干二净。但先生鼓励的话语为我点燃梦想。我记得他说："只要你愿意学习，我的大门会为你敞开。"

　　我真的就放弃了当时收入比较丰厚的报社记者的工作，开始长达八个月的封闭性复习备考。那一段时间，我断绝了和外界的任何联系。只在复习的苦闷中会去找孔先生聊天。先生那时最常说的一句话是：在当代像你这样的年轻人不多了。人只要有理想，就还有希望。因此，有时候去先生那里，似乎就是为了得到那样一句鼓励，这时疲倦的身心立刻就又加足了马力。

头一次的硕士研究生考试，我因为精神过度紧张，考前发了高烧，结果那年政治差了一分，没能录取。我觉得有点愧对先生，许久没去找先生。在后来孔老师的一堂课上，我作为在职身份旁听。他对着全班同学说："人的一生总会有很多波折，我们不能因为一两次挫折就打退堂鼓，要相信付出早晚都会有回报。你们都很年轻，年轻就是资本，要相信自己。"那堂课，我满脑子都是孔先生的声音。我相信那话是先生专门说给我听的。

2

上博士的时候，我的女儿诞生了。因为自己全职上学没有任何收入来源，生活和精神上的压力也比较大，我试探地征询了先生的意见，我能否在三年里边学边在外兼职，先生答应了。他当时的话是：你有了家庭，应该尽一点责任。现在的困难都是暂时的，克服一下，等你毕业了，想当作家还是其他什么职业就可以任你挑了。我知道先生明白我内心深处的作家情结。他几乎洞悉着我们的内心，因此也清楚地理解着我们。

我于是在一所民办高校里连续担任了两年的大学语文老师，在山东电视台公共频道充任了近半年的特邀嘉宾。生活清苦，日子却甘甜。有时候挣点小钱会买点小礼物去看先生，他总会说：你现在还在到处打野食，别买这些东西给我，等你发了大财，开着卡车来送我也接受。

当时我可能真没有领会到先生的真情。总以为那只是正常的客套话。而当我做了研究生导师，在拒绝寒门学子的礼物，并不遗余力地帮助勤奋好学者完成他们的求学梦之后才发现，我对他们说的话恰恰是孔先生当年对我说的话。那些话都是一个老师对一个喜爱的学生真诚的话语。那里透着怜惜和尊重。

3

孔先生上课从来不带厚厚的讲义，通常是一张纸，上面写了提纲，然后一讲一个上午，娓娓道来。在中途休息时，他会给那些喜欢抽烟的同学们散烟，给学生们打趣。紧张的课堂一下子活跃起来。一旦进入正式讲课，他又总是学理清晰且充满锐气地将课堂气氛调动到思维活跃，不断深入思考的境地。他对学界的研究现状了如指掌，对学界一些不良的学风和治学方式不免会发出自己的质疑，同时他启发我们不能迷信所谓学术中心地带发出的声音，要从真正学理的角度去思考。有时他讲到动情处会回顾个人的成长史，尤其是自己少年时代的一段饥饿往事。他讲了他当教师的父亲如何潦倒到无法真正养家糊口，带着他一起去讨饭。那一定有着非常不堪的感受，我发现孔先生讲到讨饭的经历时，眼睛有点潮润。而当他叙说到有一天，讨饭到一个妇人家时，那家妇人将家中刚刚做好的唯一一碗粥给了饥饿中的孔家父子，当他怀着感激喝粥，当他离开时还能听见那家小女孩委屈的哭声时，我的眼睛已经不敢抬眼看孔先生一眼。

"那妇人的举动，让我学会要善待一切需要帮助的人"先生说。

多年以后，每每帮助一些年少者找工作，帮助他们考学，给他们生活上的一点资助时，我也常对我的学生们说：我也遇到过你们一样的难处，那时候我的老师孔先生也帮助过我。

有时候，优秀的品质是可以代代相传的，也许那就构成了师承的一部分。

4

有一个细节必须说到。在毕业几年后的一天，我们忽然听说师母病了。但孔先生不希望学生们来看望。他说：探望的人多了，会无端加重师母的病情，他希望自己来照顾师母，并相信师母的病会得到痊愈。而且他说：你们都有工作和家庭，不能耽误你们，而且我也有儿女。

4个月过去。师母出院了。康复得很好。听说孔老师一人在医院陪床陪了4个月。师母出院后，孔先生的头发明显比过去白了。

我后来听说：一些师兄弟姐妹们听说师母住院的消息后寄来很多钱。孔先生打听到他们的地址又一一退了回去。孔先生说：他的积蓄足够了，不需要花学生们的钱。

现在孔先生很少参加社会活动和各种应酬。他的原则是和老伴每天在一起吃饭。而且他还坚持每天给师母熬骨汤，增强体质，他说他自己也吃一点。那天他告诉了我的具体做法，认为我们这个年龄上有老下有小，也该到进补的年龄了。

尽管我现在远离济南，而且毕业后由于各种原因从文学专业转到了民俗和民间文化的研究方向。但先生从来没有责备过我，在他心中，只要他的学生们在各个行当中都能干出成绩，就是他最高兴的事情。而且很多年来，当我遇到大的事情无法解决时，我总要向孔先生咨询，这似乎已经成为习惯。

也许只是想听到电话那边位已经银发满头的老人开朗而中气十足的声音，也许就是为了让他老人家知道：我很好，我还在朝着更好努力！

2012 年 6 月 6 日于天津大学

刘铁梁：传道授业，铁汉赤心

在课堂上，他用丰富的感情，绘声绘色的语言，将高深的知识形象化，准确地传达给学子，并时时有"惊人的发现"，灵感随时出现；在田野中，他像一个辛勤的农夫，挎一个包就远行，常常走在队伍的前面，用一个小本随时记录下他关心的问题；在饭桌上，他随时和年轻学子交流，大多是学术话题，常常成为谈话的中心；在研讨会上，他语出惊人，常常直接针对所谓的权贵，提出最锐利的质疑。

他富有学术的良心，所以学生们爱戴他，年轻的学者喜欢他敬仰他，大家都亲近他。他身上有知识分子的傲骨，有对学术的真心。

记得 7 年前我在系列随笔《中国民俗学的那一张张脸》中写道：

怎一个"好"字说尽。和这位先生认识是在山东大学的民俗学讲座活动中。他一坐下，基本上就掏出一个简单的记事本，那本本每次都那样，从容地被从口袋里拿出，然后打开一页，看都没看就开口了。而且往往一讲就是几个小时。我常常想探头去看看，那一页纸上能写多少内容，怎么就能讲那么多丰富的东西。他论民俗谈非物质文化遗产，有理有据，观点总是发人所未发，印象深刻的有关于"非遗"保护的"空壳化"，民俗研究的"身体性"，还有中国"汉人的史诗就是戏曲"。这些观点都给人启发和振奋，而且他似乎并不以为高明，更多的是启发学生们继续深入研究。颇有些孔子当年"述而不作"的境界。他的各位弟子们也习惯了他的讲授风格，知道每每有惊人之见，所以随时都做好了录音记录的准备。

他发言总能在褒奖和委婉的批评中让对方知道差距所在。而且结束台上的严肃认真的学术探讨后，下台立刻能笑逐颜开地和年轻学子打成一片。记得我们曾经一起吃饭，谈起生活中那些个人情感问题，他也毫不避讳，参与评论而且用爽朗的笑声打消了我们的不安。在他的骨子里透着份血性的美，透着份闲云野鹤的自然豁达，透着逍遥的独立，诙谐中的责任承当。文人的大雅和大俗他都具备。故而他可担得起"真人"二字。

认识一个人，有时候随着时间的流逝是会有所改变的，然而多年过去，从初识到后来的熟稔，我仍然觉得他从未改本色，而且在潜移默化中，很多民俗学子都以认识他而感到自豪。

记得是2014年的河北赵县范庄龙牌会田野考察，我带着年轻的同事从天津去河北与张士闪汇合。车到范庄时，天已经很黑。同事说，咋这么个穷地方啊，等和张老师见了后，咱们回县城酒店住吧。我说：下田野就是要在村子里，到时候看情况吧。等见到张士闪时，我知道专家和学生们今天都住在这个临街的车马店里。之所以说是车马店，是因为你从床铺的卫生条件来看，一定是来往开长途的司机经常住宿的地方，充满了尘土和烟酒的气息。而需要住在这里的原因是一早天不亮就必须进村去采写家庭的祭祀活动。村子就在车马店的对面。

同事小声问我：还住县城吗？我说：怎么能？你看隔壁房间里的那个先生就是刘铁梁教授，人家都和学生住一样的地方，咱们更不能特殊啊。

而清晨，当我们起身时，发现天已经亮了，出去才知道天还没亮时，铁梁老师就带着学生去村民家看祭祀活动了。等学生们回来，餐桌上他就开始现场指导起来。接着就是参与体验龙牌会的盛况。在大队的花花绿绿的人群前面，铁梁老师比学生们跑得快，他几乎一路都跟在表演的队伍，不时和演员们攀谈，了解整个龙牌会表演的流程，在

田野学术调查，在泰山上留影

整个两个小时的游街活动中，他时不时掏出小本记录。排在队伍最前面的那个扮演济公的男人以及扮演孙猴子的女士的身份及职业，他也了解得非常清楚。甚至现场就凭借着自己多年丰富的田野经验对两个人物进行了文化解析：男的是临近村子里的神汉。也可能是一个走江湖的巫医。他靠此为业。能够弄到游行队伍前领头的角色一定是下了番功夫，"你看见了没，他时不时停下来给观众发他的名片，其实借着龙牌会给自己打广告呢。"刘老师拉我在一边小声嘀咕。"那个女的，年年都会来龙牌会，扮演孙悟空，而且很卖力。她和那卖药的是认识的，可以说是搭档。两人很配合，就是要引人注意。""那女的是不是一个神婆？"我小声问，"仔细再看看，真保不准呢。"

我当时想起再早些时候，龙牌会进行请龙牌的仪式，一群道士、和尚打扮的男人一起进了庙门，大声对着龙牌喊：阿弥陀佛。当时我有些好笑，觉得这些村里人太没文化了，和尚喊阿弥陀佛，那道士怎么也喊。就问铁梁老师：这些仪式是不是当地人弄错了。我记得铁梁老师说："咱们不能用知识分子的眼光去看待这些村民的行为。他们认为在龙牌会上就该这么叫。许多民间宗教是用书本知识无法解释的。"

这些细节现在想起来都那么珍贵。其实铁梁老师用亲力亲为的方式影响着年轻的学人，用他看似不经意的智慧引导着我们的学识。经历的田野多了以后，我渐渐地能够认识到作为文化旁观者的我们，其实有许多知识的盲区，我们甚至不能走进地方性知识的独特性，许多隔膜来自我们自己先入为主的知识。当我们抛下那些先在的知识或者认识，用体验用情感用细致的观察走近对象时，我们对他们的文化才能获得客观的认识，才能达到理解。

他有知识分子的本色，从来不轻易麻烦朋友和学生们。很多次会议上，我都能看到铁梁老师，往往有些会议因为会务组的疏忽会照顾不周，有几次会议结束，铁梁老师要赶回北京上课，我要求送他到车站，都被他拒绝了。在他看来，少给对方添麻烦，比什么都重要。

让我对铁梁老师留下深刻印象的还有两次学术研讨会。一次是讨论传统村落的保护问题，一次是关于唐卡的立档调查问题。参加两次会议的都是全国的知名专家教授们，针对一些关键性问题铁梁老师提出了和当时大会主流思想不同的认识。在他看来任何的文化遗产保护不能只从专家的一厢情愿出发，应该先到实地调查那些保护的真正主体——村民们或传承人自己，让他们开口说话，而不是替他们发言。他指出：按照现在提供的保护模式去保护村落，未必是村民们所要的生活。不顾村民的生存需要，按照所谓的抢救和保护方案将村子圈起来的方法，一定有问题！他每每提出和学界主流不相符的见解，每每用自己鲜活的田野经历指出问题的症结所在，当时会让很多权威下不了台，但真正的学者是认同他的意见的，因为他的意见充满学术的担当意识。

他甚至没有文人的那些通病，比如文人相轻。在多次活动中，我们能听到他会大声地提醒同学或者同行注意阅读某某教授的新作，提出对那本书的赞佩。而那些人是他的同辈同行或者是晚辈学人。这是需要胸怀和见识的。

和一些眼中别人总不如自己的学者名教授们相比较，铁梁老师是值得他们学习的。

有时在一些非常时段，我会主动联系刘老师，和他交流一些内心对学术和人事的感受，他都欣然聆听并给出自己的见解，让我这样的晚辈感受到心灵的温暖。这样的学者中国不是太多而是太少，而他培养的弟子，如张士闪、刁统菊、岳永逸、王杰文等人也都明显有着乃师之风，均在学界留下良好的口碑。羡慕之余，见贤思齐。我因为认识士闪兄而结识铁梁老师，感到十分幸运。

2015 年 12 月 11 日

民俗学者剪影

大侠张士闪

此公的大胡子圈内闻名。并不是所有留胡子的人都能闻名，而人的记忆通过各种渠道的过滤总能留下点什么，这个"什么"大体有以下特征：给人以美好印象，给人以情感触动，给人以精神感染，给人以油然而生的佩服，给人以仰之弥高的歆羡，给人内心的亲近，给人以无限的想象。

我记得头一回见张士闪先生是在山东艺术学院的艺术研究所里，听说要来个所长级人物，都有些神秘。到通知我们去谒见时，眼前是个壮汉，长须，这出乎意料。毕竟留胡子、留大胡子都很普遍，能留近胸的胡须实在有点意外。

共事三年，最与此公投缘。盖因其性格爽朗毫无芥蒂，与他交谈可以深可以浅，获得的都是快乐。一日与他同去赴宴，席间一女子柔声欺身而问：张先生，平时你吃饭怎么吃啊？还有你睡觉把胡子放在被子里还是被子外面？他一时哑然。立刻微笑做答：这还真有点要答记者问的味道。许久来从未有人问过这个问题，我今天晚上去考虑下，我胡子该放在哪里。大家都哈哈大笑开来。这种私密点儿的问题，头一回见面本不该问。既然问了，张先生也可以不答，可为了对方的面子，他还是机智地在不答与答之间做了巧妙地回旋。

自此，我开始看他吃饭，结果发现很自如很如常，没有什么阻碍。胡子在他已经成为习惯。如同身怀绝迹的高手随身所带的匕首。人家的挂在腰上，他的挂在下巴而已。

这一把胡子，加上他多年来一直未中断的梅花拳，让不了解的人都能看出他是个武林高手。据说，当年在开封游玩，相国寺里有一把禅杖，生铁，沉。同去的同事两人无力抬起，此公近前，单掌只一托，身形下蹲再起，已经将禅杖舞得虎虎生风。梅花拳是讲近身格斗的，三招内要打倒对方，所谓先下手为强。而且招招逼人要害。慕名找他交手的人多，他未有落败的时候，但也没听说他致人死地。可能与他的仁慈有关。

和他相处时间一长，你可以透过他张扬的形貌领会到一颗慈悲之心。很让人想到一句：山东民俗界的临水护花人。这里的"花"多有所指。一指对美好乡村世界的热爱，让他长期奔忙在田野；另一面指他的热心和耐心发现和培养了许多民俗界的花花草草，这些今日的花草明日可能就是栋梁。因为和他的交往，因此沾点侠气。以至于，所有他的弟子们都热情地称呼我为师叔。从年龄上看，我可以做师叔，从学养看，我还只是个凝神静气的民俗赏花人。

此公现在已经高就在山大，平台高了，施展本领的机会也多。经过近二十年的民俗储备，他到了发光发热的时候。我们也期待他不断传来的好消息。

大先生李万鹏

在山东民俗圈里，老一辈的民俗学人中，李万鹏先生和山曼先生是两面旗帜。现在山曼先生驾鹤东游，万鹏先生留守齐鲁大地，仍旧指点民俗学子，其精力和热情不减当年。民俗学活动一般不惊动他，除非特别特殊的活动：这些活动包括学生们毕业答辩，某课题组遇到问题需要咨询，田野考察需要亲历助阵等等，这些都是老爷子经常参与的活动。耄耋之年的他，身体略显瘦弱，从背影看，"文弱书生"说得似乎就是他。但就是他经常带领着民俗学的博士硕士们到乡村调查，活儿丝毫不少。那些和他一起进行田野调查的同学们经常会深有感触地说：老爷子真有能耐啊，他能和老头老太太唠嗑，人家把他当自家人。别看平时他和大家都乐呵呵的，而且提出：在民俗圈里，可以无老无少，无大无小。但真碰到大家在田野调查中不认真、调查不深入细致的情况，他会丝毫不留情面地批评，甚至连带着学生的指导教师一起批。

他发火的时候，场面一般很安静，大家似乎只有在他一通发言后才感觉到错误有多大，问题有多严重，也只有他发火，大家才能感到民俗不是一件简单的活。

他几乎是山东民俗的活字典。经常在进行某个田野调查前，大家都会找李老师一起探讨要进行调查的对象。老爷子总能从几十年的风霜阅历中找到符合大家需要的答案，而且指出应该深入的步骤，因为他知道什么地方可以出成绩什么地方可以忽略。这时候他特像童话中的神仙爷爷，带领大家从迷宫中游走。

有一次参加田野回来，老爷子把一双布鞋忘在宾馆了。据说那布鞋还是新的，为了这次田野作业他特地穿上的。但5天的连续采访和田野奔波，他竟然把它丢了。当时张士闪教授就安慰他说：放心，等教师节，我们专门给你送一双新皮鞋，而且配套服务，还带着新袜子。逗得老人顿时忘记了烦恼。

民俗学会经常会有一些聚会。每有李老参加的宴席，大家都能注意到他一个多年的习惯。无论到哪里都要在宴会结束时，把他认为老伴喜欢吃的食物包一块回家给老伴儿尝尝。老爷子是在给我们做一个夫妻恩爱的榜样！

好脾气的张润平

说起此君似乎有很多话要说，却还是迟迟难于动笔。因为和他刚刚认识，缘于 2009 年的年会，我和他碰巧分到了一个屋子。这是缘分啊。他那浓烈的甘肃口音一出现，我就没什么隔阂了。因为这属于故乡来的人。他来自甘肃岷县。是当地的文化局局长。过去是当地中学的语文老师，因为酷爱民俗研究，从教学逐渐转移到了研究和文化管理岗位。他是当地的名人。虽然他不怎么说，但中央电视台的科学教育频道请他做过节目，介绍过当地民俗，这就不简单。他说自己这次参会的论文是在搞了 3 年的青苗会的田野调查基础上写的一个四万多字的文章，来时压缩到了 1 万字。

当我将自己不成样的几本小书赠他时，他回赠了我几张珍贵的当地非物质文化遗产申报国家项目的光盘，据他介绍，他们一个县城成功申请省级非物质文化遗产的项目就是三十余项（当时是这么听的，写本文时没找他查证）。我说到目前"非遗"申请的功利性太强，很多地方就是为了得到经费，因为当地有利益可图，他憨厚地笑笑。后来谈到目前偏僻地方的儿童失学、家庭条件很差的现实，我有些偏激地认为：与其让假遗产欺骗国家的支持，不如实实在在地建立几家希望小学。我们谈到现在乡村一个普遍现象：如果动员大家修小学校，可能不会有多少村民响应；但如果说要在村里修个庙，村民会真掏钱。修庙和修学校，哪个更重要，对我来说，学校更重要，但在中国的乡村社会的情感和社会秩序中，修庙更有其深意。那如同给名字立碑。中国人长期以来希望让自己不朽、让自己建功立业光耀祖先的行为，常常和修庙的集体活动联系到一起。学校还在其次。

张润平也看到了这一点。他说：建学校是很有必要。但保护遗产的工作也很必要，不这样发动，基层不努力，很多遗产真的就没了。我觉得他说的在理，只是一想起那些失学的孩子，还是觉得贫困地区的"申遗活动"有些本末倒置。在人的生存还没有改观的情况下，大张旗鼓地和经济发达地区那样搞文化建设和保护多少有些走样。但我说不出再多的理由，话题也就此打住了。

会议结束后，我们相约去庐山游玩。他本来是个不喜交谈的人，那时候性格完全变了一个，频频地被美丽的景色吸引，要求留影。而且他还有一个惊人的本领就是——喝酒海量：我亲眼见他，不就菜，将5两当地的四特酒灌下肚子，并连称好酒。

我佩服他在于，长期奔波在岷县那个地图上几乎看不到的小地方，为当地文化默默地守望，而且到了痴迷的程度。我更佩服他的认真和执着：常常为了一个调查，要进行很多年的田野工作。他已经习惯了自己的角色，而且每有各种民俗学交流会议，他都会参加，他认为那是开眼界的好机会。

我好奇地在想：这次他拿出了令人佩服的青苗会，下次他还会调查到什么好东西呢？他一定会有好东西。

看不见手的耿羽

这位个头儿高高的男孩子，当你和他说话的时候，他甚至会脸红。初次见面的人以为这是哪个学术代表带来的下一代，身份也就是个高中生或者大学一二年级的新生娃子，开会期间他言语少，行动也有点游离，路上和我少有的几句话就让我差点掉了眼镜。原因之一，这个高挑文弱的书生竟然就是"电子书斋"的版主，他每每传上去众多我仰慕已久的书籍，供大家免费下载，真难为他的细心和认真了。再就是大家在开玩笑的时候，我说了句：这小伙子可以在当地找一个媳妇，争取留下。他脸红而认真地说：马老师，我结婚了。而且我明年就要当爸爸了。

我瞳孔一定顿时扩张了 3 秒。不会是说大话吧。你快当父亲了？

真的。他认真而微笑地说道。

那你多大了？

他回答：今年 25 岁。

我倒！

当时在场的男生女生的身体都同时有向两边倾倒之趋势。60 度、45 度幅度不等。

这既代表了中国大学开明的政策，也再次印证了网上热议的中国"80 后"早婚早育的现实选择。只是耿羽似乎不像和他们"80 后"一伙的，因为据对明智而实用主义的"80 后"调查，早婚早育的"80 后"大多只为了满足长辈们"早生儿孙"的愿望，孩子一生就丢给老的了，然后继续浪漫的爱情。耿羽有自己的规划：接着上博士，然后准备在做一个好博士的同时，做一个优秀的博士老公和爸爸。

高而坚硬的臂膀虽瘦，却已经初步具有了女孩子向往的宽大厚重的依靠感。

就是这样一个实在人，在和我交谈的 3 分钟里告诉了我他的生活，他的真实身份。让我感到了一个福建人的实在。我在福建有一批诗人朋友。他们都能豪饮，性格豪爽、实在。在耿羽这里得到了证实。

最好的佐证是在民俗年会的末尾。大家到民俗村采风中午吃饭时，当地端出了米酒。那酒初尝微甜，如同饮料，大家不知觉都多喝了几杯。而耿羽"童鞋"也充分表现出了福建人的豪迈，来者不拒，仰脖便干。上车时，被大家戏称为脸红 No.1，后来下车，游览"西江第一楼"的滕王阁时，我已经注意到他在和煦秋风吹拂下，脚步开始趔趄，高大的身影开始做九宫八卦似的游走，行影飘忽。但此君即使这样也没请人搀扶一把，即使在攀登中，仍旧像如常般两手袖在袖笼，摆动在小肚前。所以，看耿羽行动，你一般看不到他的手，手藏着，以为衣服袖子太长的缘故，或者太短，以至于要双手拉扯着往下，反正是不出来，有手没手，和旁人无干的架势。在武侠小说里，可怕的就是这样的人，一旦比划起来，一出手就是致命的。

该"童鞋"贡献大大的，对专业民俗学研究来说，那些珍贵的电子书是在为民俗研究者尽最大的义务。现在求学在华中科技大学中国乡村治理研究中心的他，名字被镌刻在民俗学网站发展的元老级名册中，在日后大发光芒！

赵世瑜——民俗界最瘦最高的人

这是我在目前民俗界见过的最瘦最高的人物。赵世瑜，男，1959 年 8 月出生，四川成都人。所以，以为四川人都矮胖的论调，在赵先生这里可以得到全部纠正。从研究历史转向对民俗的兴趣，历史学者往往占着得天独厚的条件。赵先生精通历史脉络，而民俗的田野又让他具有了一般历史学家忽视的角度——眼光向下的体悟和思考。不多的几次开会，不多的几次行走田野，不多的几次交谈，我得到的总是对他一鳞半爪的印象。学界传说他孤傲、不好相处；我以为读他的文章你可以看到他的血性和柔肠，读到他对历史的亲近，对民间生活的热爱和理解。有一次报告会上，他讲北京建城传说，讲到沈万三的故事，提出政治与日常生活的关系，那次他带着电脑准备了很多图片资料，本可以让我们更直观地了解他的思路，但事先准备的同学没有准备投影，他就只好干讲，但知识从他那里简直就是从聚宝盆里倒出的清泉，越倒越多，没有见底的时候。在私下聊天中，我得知赵先生有一个抱负，那就是等退休后真正干自己想干的事情，那就是围绕山西他一直感兴趣的晋祠，以小见大，写一部不一样的中国历史。他说资料已经收集了很多，就是没时间写，盼着退休以后呢（原话的意思大抵如此）。

他的"眼光向下的革命""小历史大历史"等提法几乎成为学界经常出现的术语，成为了一种解题方法，对我们这样的读书人来说，如同在黑夜里寻找灯绳，摸索了半天终于找到一根，拉亮了整个房间，赵先生的思路常常有这样的效果。这一点和刘铁梁老师有一拼。两个都是随时发动大脑让灵感到来的人，也许只是片段的话语，他们的灵感总是在不断闪烁，同时激发众人的灵感。

赵先生身长，看上去显得单薄。在一次淄博孟姜女学术研讨中，我发现这个身形单薄者爬山如行水上，不气喘（当然心在跳），不脸红，脚步轻盈。兴许正是田野造就了他的好身板。现在他从北京师范大学调动到北京大学工作，在他看来，只是从一个单位到了另一个单位，还是生活在同一个城市里，生活仍旧没有变化。这样的学人越了解就越亲近，越亲近就越感到佩服。

我的老师叶舒宪

叶老师是我本科时代的外国文学和东方文学研究的老师。那时候风华正茂的叶老师，讲堂上口若悬河，对印度史诗的研究让同学们听得如醉如痴。通常上他的课一定要去占座位。而且往往去得稍迟一点，前三排都被女生占了。他的公开课更是空前的火爆。因为报他课的人太多，学校一般的教室盛不下，只好改在全校开大会放电影的大礼堂里。那是 1988 年的事情了。那时候的叶老师三十出头，被陕西师范大学的同学们私下称为师大四大才子之首。我大学毕业后，就听说叶老师到海南大学工作去了。在山东闯荡的那会儿，我还经常通信和叶老师交流，他有信必复。而且当我做了报纸副刊编辑后，他几乎成为我副刊上的人类学和民俗学方面的专栏作家。每每将各类田野文章通过优美的文笔呈现给读者。有一段时间时间，我看了大量的人类学书籍，并知道33岁的时候，叶老师是因为到北京师范大学做访问学者，从图书馆里读到了《金枝》，以此为契机，决定了自己的研究方向。那时我想，我也可以学习他的榜样。因此经常请教老师，并大量地读了他的几乎所有出版的著作。

很多时候，命运并不总是按你所期望的进行。我在辞职考博和攻读博士的时候，叶老师已经调到中国社科院工作了。我博士论文是关于中国小说母题研究的，当时请教过叶老师，2006年的8月，当我毕业不久，中国国际神话学年会在郑州举行，叶老师邀请我去参加，那是我头一回参加现当代文学研究以外的学术会议。那次会议上，我见到国内外非常有名的神话学研究专家。那时候我发现分别近二十年的叶老师竟然还是那么年轻。学术也许有驻颜术，它能让一个长期心无旁骛的人保持青春。

郑州会议后，我对民俗和神话开始了彻底的关注。成为现当代文学研究的叛徒。那时候，张士闪老师正好也到了我们所工作，成为我的领导，正式将我引入民俗之途。

叶老师为人谦虚低调。他经常会将一些自己刚完成的新作发给我，让我得以最近距离地学习他最新的研究动向，他知道我正独自上路，极需要学术转向时的引导和帮助。私下里我们的同学们还在讨论，这个老师，这个20多年前的老师，是什么原因让他在持续二十多年的时间里还维持着这么强大的创造力和学术活力。所有的同学，包括现在已经成为博导的同学们也都在佩服这样的老师。有一句话是关于他的：叶舒宪写书的速度比我们看书还要快。此话不虚！

南行记

因为参加中国民俗学会"传统节日传承与保护浙江论坛",到了嘉兴。2010年4月28日下午结束会议后,我到了杭州,开始了自己安排的杭州和绍兴之行。在我以为,已经那么近地到了人间天堂和水乡绍兴,那无论怎样都是要去看看的。

原来报名了一个旅游团,结果,我10年前的小弟——诗人王帅,目前已经是一家特大企业的副总,从网上了解了我的行程,亲自打电话邀我到杭州,并安排了我所有的旅行事宜,少操了很多心。这样就不用那么着急地逛,而是悠闲地散步,体会文化和历史在这里城市里的延伸。

杭州的青山绿水以及这里的友谊,顿时让我爱上这里的生活。我说:看上去这个城市很懂得享乐。朋友答茬说:不是享乐,是悠闲。杭州人懂得悠闲。

到处都是游人,而即使是这样,仍旧有那么多人悠闲地在树荫下,在西湖边的长椅上,在溪水的丛林里,在鸟语的山麓上,在青石铺就的小道散步,从容散步。

这里的节奏是从容的，不是迟缓是从容。几份开阔和自信，以及在紧张中的偷闲。我去了岳王庙。一个核心词："忠义"。在那里无论是墙上的刻画，还是历代留下的笔墨都在表达着："忠义"二字的含义。精忠报国的英雄气概，舍身取义的高贵品质，无所畏惧的精神力量，孝满天下的感天动地。大英雄的生命比时间长久，而跪在一边的秦桧老贼及他的婆娘王氏则低眉袖手，接受千万人唾弃。

然后是茶园。在万亩茶园中，进入乾隆皇帝来过并亲自赐封的"十八棵茶"，来到江南人敬拜的胡公墓。巨大的芭蕉和茶树，还有古木参天。

然后是灵隐寺。这实在不是想象中的一个小庙，经过历史的淘洗已经成了盛大的佛教胜地。在高高低低的飞来峰旁，灵隐的香客不断，而雕刻在山壁上的佛像，各个时代造型的各异，让人那么近距离就能观看。感受我佛慈悲的力量，以及神秘的东方。山路极滑，不小心就摔一下，不要紧，来来往往的人们有秩序地礼让，让山路多了几份谦让中的和谐。

从杭州到绍兴只有一个半小时，直接去了鲁迅先生故居。老远就看到参观鲁迅先生故居免门票。就到问讯处去，结果后面跟上来一个拉三轮车的人，他拿着一个相册，问我愿意让拉着游绍兴的老城老街吗？不知道怎么的，我就忘记了游鲁迅故居是免费的，满口答应了。这样就上了车，说好了，游完他说的那些个老街老巷给他 60 元。

这样就去了一些曲里拐弯的巷子，到了一些不知名的老院，走了一些古老的桥。留下了一些轻易留不下的影。

回到原来出发的地点，他给了我一张免费游鲁迅故居的通票。我自己开始真正一个人游。去了三味书屋，百草园，鲁迅纪念馆，鲁迅祖居，鲁迅故居。四个点都是免票的。这才明白自己不过是让那人拉着转了转绍兴城。而出于对他一路上不辞劳苦解说的感谢，我又多给了他 10 元。

到 200 米远的沈园去，一个清幽的所在，游人不多。而来的大多是结伴的恋人。他们在花草中了解多年前的一段悲情故事，知道陆游和发妻唐婉的爱情如此悲凉。一阵唏嘘后，便还是花前月下地甜蜜，毕竟祭奠死者是为了活人的幸福。

午饭后，开始渐渐熟悉这个城市了，老远就见前面有一带远山，山上有高耸的宝塔，有古刹声声，寻声音过去原来是王羲之故居，现在已经是一座名刹，寺内僧人正在修课，念经，见有来人，众多僧人拿眼斜视，抠手指的有，神情迷惑的有，东张西望的也有。

接着望山上爬是一座蕺山书院。建筑结构奇特，高大的门楼，掩隐在苍翠的松柏林中，到了跟前却是铁将军上锁。在四处有越剧悠扬，几个清闲的大妈正在配乐吟唱，颇为陶醉。

对一座城市及其文化的了解、认识，一天是不够的，而对于旅行来说，来过一个城市，去了该去的地方，碰到一些人，感触留到了心底，这就足够。至于以后的联想或者民俗的研究，则要通过这点滴的认识和书本结合了。绍兴来过了，也看过了鲁迅先生。我突然有些辛酸地想到在乌镇采风时茅盾先生故居里的一段文字：茅盾先生的童年在这里度过，他在这里上完了幼儿园。13 岁的时候因为要到北京大学上预科，就离开了故乡，很少回来，20 世纪 30 年代他回故乡也只是来看望自己的老母亲，母亲 1940 年去世后，他再也没回来过，自此割断了和故乡的联系。

同样为了这样那样的原因，鲁迅先生很早就离开了故乡，他一生都在飘荡。他的笔如此锐利地表达着对世界对人生对现实的看法，而我等又在做什么呢？研究和学术，写作和人生是否能有利这个时代和社会，有利这个人间，每每思想起来，就有些怅然。

2009 年 5 月 1 日

山东荣成院夼村田野手记

4月18日—4月20日，

由山东大学民俗所张士闪教授率领其八大弟子，汇同王馆长及我，

一同开往威海荣成市人和镇的院夼村进行渔民祭海节的田野作业。

期间获得大量一手信息，也获得众多快乐。

于是一一写来，作为田野作业后的一点佐料，图一乐。

凡有7篇，众位捧场耐心看过。

1. 圣地亚哥

圣地亚哥不是地名，在山东民俗学界他是一位新人的名字。此人长期服务于文化部门，主管着全省非物质文化遗产的保护和抢救工作，今年光荣退休，立刻加入到民俗研究的队伍中来。凭借他多年来的田野和文化工作的经验，他对全省的非物质文化遗产项目和传承情况了如指掌。这次张士闪教授率领山大和山艺的八大弟子，包括博士和硕士生一起田野，专邀他参加，也是乐得他对田野的熟悉和良好的人脉。果然，别看老爷子60岁，但精神饱满，随身背着"大炮筒"，那是他到哪里都要带着的高级摄影装备。一路上他给学生指点着他所了解的关于本地祭海节的一些习俗，以及该节和山东其

他地区祭海节的区别。

后来他无意中说到，他的岳父家就在离院夼村不足二十里的斥山，一向以幽默风趣思维灵敏著称的张教授哪里能放过这样的素材，当即说道：我们应该给王馆长一个雅号，我觉得就叫：圣地亚哥吧。为什么呢？

因为他到了他岳父家，这可当圣地。而他的潇洒和帅气可以和某位网红大哥相比。人家已经成名，所以王馆长不能和他争，只好屈居第二，那就是"亚哥"。于是，王馆长一路上就有了"圣地亚哥"的称谓。

至于回来后，这个名号能否继续传承下去，估计要仰赖民俗同仁的口口相传了。

2. 算得不准

在参加渔民的祭海仪式后，在硝烟弥漫中，大家撒场。在庙门外，有三个摊子。这和我看到过的其他庙会有很大不同。在庙会中汇聚了很多商业味道的今天，这里的谷雨祭海活动上，几乎看不到更多的商业行为。而这三个小摊分别为：两个道士模样的人摆出的周易八卦，一个小伙子穿着僧装出卖佛教用品。

看学生的神色有对道士行为感兴趣的，等三位老师离开，远远地看见学生中有多人停留在道士的摊位前。机警的圣地亚哥从自己的背包里拿出了"大炮筒"，并换上一个长镜头，尽管离开学生所在的摊位有五十多米，但长炮筒一下子就将他们的一举一动拉到了我们眼前。于是，在圣地亚哥不间断地快门中，学生和算命先生的交易尽收眼底。

所以当交易完毕的学生们陆续回来后。几位老师故意问：你们刚才在干什么？难道在公然进行迷信活动吗？

学生中有人答：我们没算命，只是觉得好玩，问了他几句。

圣地亚哥说：不用再抵赖了，大家看看这相机里，你们的一言一行都记录在案了。

大家探头过去都发出了狂笑。

其中一个镜头是：Y 面对道士脸上发出的诧异的神情。接着是捂嘴狂笑，接着是和众同学一起掩面。

另一个重要镜头是：L 同学，把衣服口袋掏出来，给道士付钱。

证据都在。

大家承认 Y 同学迫于考学压力，今天算了一卦。

但 Y 同学说，她之所以在镜头中狂笑是因为：道士算得一点都不准！

第一、道士说，她学历还不够，还应该继续读博士（而实际上 Y 已经是准博士了）；第二、道士说，她应该早点结婚，不过今年恋爱还不成功。（而实际上 Y 已经结婚两年了）。因为说得一点都不准。道士却要他们交 100 元钱。他们不断地交涉，最后由 L 同学拿出了两元钱，表示了一点谢意。道士发现碰到了一伙穷学生也就作罢。

圣地亚哥在听了同学们的故事，和我都表示佩服：能够面对算命先生表现得如此冷静，而且没被骗出钱财是需要胆识的。

3. 渔民早市

渔民的早市在临晨六点多就开始了。早市上的海产品可以说是最新鲜的。它们都是渔民们一早从海里打捞上来的成果。你会发现一早在这里忙活着买卖的人以妇女为多数，她们的丈夫在凌晨 2 点钟出海，到早上 6 点左右回来，把网到的鱼给她，然后回去睡觉。家里的妇女们负责将今天的成果出售。

出海打渔的船以小木船为主，一般是两个人操作。船主再雇一个帮工。

帮工通常是外乡人。一年老板会给他三万余元。打捞上的东西交给妇女们。问了几个大嫂，东西一般都能卖完。来买的大多数是当地酒店和附近的居民。一早上好的时候可以卖三百到五百元，不好的时候也就一百多元。真合了那句话：靠山吃山靠海吃海。

来这里打工的外乡人以安徽和东北人为主。在他们眼中，这地方能挣钱，比在家里种地来钱。为了挡住海风，妇女们一律戴着头巾，遮着头脸。手下麻利地整理着鱼虾。很多细小的鱼虾都被网上来了，而这些细小鱼虾的命运是一桶八元卖给工厂加工成鱼粉。

我有些忧虑：网子那么细小，鱼虾不分大小都捞上来，有一天鱼虾总有被捞完的那一天吧。这个想法正好在和一对刚从海上靠岸的辽宁渔民那里得到了印证。40岁的辽宁籍渔民高洪涛说：他们大连那里打不着鱼了，打鱼的太多，都没鱼可打，所以要到山东这里打鱼。那么这里的鱼有一天会不会被打完。他肯定地点点头。

是的，那么细密的网子，再小的鱼虾都难逃厄运。

4. 龙王庙旺盛的香火

4月18日谷雨前一天，从上午开始，渔民们家家就开始忙碌着揉面蒸大饽饽。大饽饽是当地渔民们祭祀和节庆必须做的食品。通常用来祭祀的大饽饽重达8斤8两，据说，蒸一个大饽饽需要50分钟。而在祭祀中一个家庭通常需要10个大饽饽。那天正好有院夼村妇女主任王女士介绍，她亲自带我们到了一家渔民家中。这家人也姓王，女主人43岁左右，信佛，客厅完全已经摆设为佛堂。在偏房里，炕头上已经端坐5位本村邻居妇女。她们是这里来是帮助主人家做祭海节用的大饽饽。她们介绍说：一般人家都在19日谷雨这天蒸大饽饽，而她们家提前蒸是为了错开时间，这样大家可以互相帮助。因为一家人里男人一般都出海在外，女人家一个人要做大馍馍没邻居帮助是不行的。于是，各家在蒸的时候都错开时间，互相到各家帮忙。

蒸大馍馍的工序通常是：先用面引子揉进面里，把面放炕头醒。面发好后，开始分开揉成十个面团。一般一个面团要重8斤8两。揉好的面团还要经过特殊的方法处理，使它出现三个棱，这三个棱是为了保证在蒸好后，大馍馍能在中心裂开。当地人把它称为：笑脸。如果谁家的大馍馍不裂口，那么就不好。需要重新蒸。不好的留给自家人吃。在大馍馍上，还要按上大红枣，红配白，显得格外好看。

到谷雨这天，很早龙王庙里就来了很多祭祀的渔民。他们三五一群，怀里抱着猪头、祭祀的十个大馍馍，用大红花布包裹着进了庙门。先在庙门口放一挂鞭炮，似乎是在告诉海神：他家来人了。然后跨进龙王庙，点起买的高香。香在庙里都有明码标价。最贵得有300元一支，高3.3米。最便宜的有10元一把的。中档的有1.8米高的高香，一支100元。从早晨9点到中午2点，前来祭祀海神的人络绎不绝，没有削减之势。而且大家一般都是一家带一个猪头，十个大馍馍，点100元的高香1－3支不等。也有不点香的，进了大殿只管摆上祭品磕头的。磕头的时候嘴里念叨着：海神保佑，大船小船都发财。渔民们在磕头时都很讲秩序，一排人磕过头，离开，另一批人进来。

鞭炮几乎没有停止过，风大，一吹，硝烟弥漫，加上烧香的浓重烟幕的弥漫，整个庙宇几乎被烟幕笼罩。尽管如此，拜过的人也没有立刻走，而是带着供品到一边，用大红包袱重新包裹，然后站在一旁开始饶有兴趣地打闹起来。旁边的老年锣鼓队、妇女锣鼓队，互相示威地敲击竞技。高潮是在中午2点开始的。突然间锣鼓震天。人群攒动，大家纷纷拥向正对龙王殿的香炉。踮着脚尖伸长了脖子，各个都像要食的鹅。这才看清了，原来有三头整猪被打扮得花枝招展，披红戴彩地摆放在大殿前，同样是丰盛的弄出"笑脸"的大馉馉献上。来祭祀的人身份一定不一般。因为在此前都是个人献猪头，结果这一下子献三条整猪，气魄够大。打听一下，村民用很崇拜和羡慕的口吻告诉我：都是船老大，他们一起来祭拜龙王。这些船老大一般资产都在千万，而且一人据说手下都有几十条船。"肥得流油呢"，村民带点自豪地说。他和船老大是同乡。

被供奉的大馉馉和猪在仪式结束后通常是要抬到船上，大家一起冲大海磕头，然后一起做了吃，大口吃肉大口吃饭，一醉方休。前来参加庆祝活动的村支书说，他往年在谷雨这天都是要到各船老大船上拜访，一旦去了，总要准备好三四个人一起来抬。年年如此。今年他戒酒了，身体喝垮了，不能喝了。

风很大，一阵阵风把弥漫硝烟和高香的空气吹过来，迷人眼。那震耳的锣鼓和鞭炮放了一天似乎还没有停休。

据说这祭祀仪式一直要到晚上9点，远近的人陆续还会来敬香磕头。有的人家为了避开高峰，选择谷雨第二天来上香磕头祭祀。19日这天是村里人亲戚们一起喝酒，等明天是船老大请船员们喝酒，这两天渔民们什么都不用干，主要是喝酒吃饭，比春节还热闹。看吧，到了20日下午，满街都是歪歪扭扭的醉汉。

5. 燃烧的院夼村

院夼村在2009年中秋节的夜晚曾经遭遇过一场山火，将整个院夼村的后山全烧光了。

山火是临村的村民在用水泵抽水时，因为误操作带来的火灾。因为风太大，风带火起，一下子蔓延了整个后山。当时全村老少都上山灭火。几乎没有一个人观望。老太太们都提着水上山了。说起来妇女主任王主任眼睛湿润。事前没有发动，事后没有任何表彰，全村人全是自发的。而且有的人在山上受了伤，包扎一下继续上山。

那时候已经没男女分别了，所有的人脸都是黑的，身上全是灰。书记和村长全在山上。经历了一场大火灾，大家的心更近了！

6. 兰贵人

在此次田野调查中，还有两位美女的加入，因为她们都姓兰，一个是兰玲，一个是兰绍英。

张士闪教授送她们俩一个绰号：兰贵人。其实兰贵人在历史上是有出处的。少女时代的慈禧在入宫时被封为"兰贵人"，而后，当代一个知名化妆品的品牌也叫"兰贵人"。都有美貌青春的意思。这两个兰贵人是田野作业的好手。在平时总是两人一起搭档，同时出发到山东各地进行田野作业。一个性格文静，一个性格泼辣。一个会开车，但不认方向，这样的司机实在让人捏把汗，但她敢开；一个不开车，但很认方向，对道路状况也了如指掌，因为她懂得观察；所以两个女人出门就不怕了。一个兰经常对另一个兰说：我是你的眼睛。

泼辣的兰贵人懂得胶东方言，所以到海边采访，她几乎成为了同声传译者。而且她热情勤奋，有亲和力，每到一处采访，她都能立刻和村民打成一片，讨得村民的喜欢。比如这次，我和她正好一组去了村民家看如何蒸大饽饽。村民们正不好意思，想着如何在做饽饽的时候让大家有个说话的地方。她大方地说：上炕。于是敏捷地上了炕，大家的距离感顿时没有了。

遇到一些村民在聊得高兴时跑了题的，她会立刻高门大嗓地把她拽回来。

两位兰贵人都曾经得益于民俗前辈同为烟台人的山曼先生真传，田野作业中的豪迈以及风尘仆仆中的美丽让人佩服。腼腆的兰贵人，开车是一流的。速度很快而且根本就不知道什么是怕。在弯曲的山道上，甚至是夜晚她把车开得让人紧张而快乐。因为她会到某个路口突然问：走过了吗？

这两位在大学工作的民俗学者，都有专著问世，其中腼腆的兰贵人有新书相赠——《山东民间体育》。

7. 外乡人

在调查中最受触动的不是那些当地渔民，而是来自外地的渔民们。辽宁的高洪涛、邵玉满都是 40 岁的人，他们的渔船不是当地那种大型的、要两船并开的大铁船，而是一条大木船。船上十几个人，船主就是船长，还有大副。他们的生活基本上是天天在船上，吃喝拉撒睡都在船上。一般是 20 天洗一次脸。因为辽宁近海捕不上大鱼了，他们常常要架着船到山东沿海作业。他们一月的收入在 5000 元以上。因为都是临时工作，老板通常只给他们买短期保险。这活儿是玩命的活儿。整天让家人提心吊胆。所以他们坚决没让子女继续自己的职业。高洪涛从 17 岁下海到现在 23 年了。这个年轻的老渔民说话腼腆，他的儿子已经工作，在单位开车，还没娶媳妇，因为在他们村里娶媳妇没有楼房是不行的。他得给儿子攒钱。邵玉满的情况和高相似，儿子 20 岁了，刚工作，但企业不景气，还指望他接济点。在船上他们一呆就是十天半月，即使到了山东海岸，他们也只是下船晒网补网，接着继续出发。岸上没有他们的家，他们也不舍得去住招待所，晚上就睡船上。因为常年在海上，他们腿上有关节炎。最大的愿望就是在有太阳的岸上晒晒太阳。

船上是不能配女船员的。即使是当厨师也不行。邵玉满笑着说：这活儿太危险了，女的办不了。另外船上都那么多男的，女的来了反而不方便。况且那么多男人见了一个女的还得了。大家听了都哈哈笑。

在当地隆重的谷雨节里，他们似乎是局外人，根本就没有过节的念头。在辽宁人眼中，这只是当地习俗，他们更多的是在二月二和农历六月十五"龙王生日"那天庆贺一下。不过很多年都没正经过了，因为大多数时间是在海上忙碌。

村里还有一大部分外乡人，他们来自安徽，问了几个都是阜阳的。这里有一百多户安徽人。他们租住在村里，很多人来这里将近二十年了。孩子都已经长大成人。董老太太今年75岁了，3年前来院夼村，儿子孙子都在这里打工，上船打鱼。儿子虽然1996年就来这里了，但他们一家从来没想到要在这里定居，毕竟不是自己的家。他们要挣钱给孙子以后娶媳妇。在他们那里谁家娶媳妇没上下层的楼房是不行的。据说怎么也要30万以上。同样来自阜阳的孙丽华今年32岁，1996年就来了，老公常年在海上，她带儿子和一位小女儿过活。大儿子已经19岁了，前年已经自己回家乡读高中。小女儿今年只有1岁3个月。当地生活比较舒适，她认为总比在家种地强。家里10亩地，一年只能挣3000元，在这里一年可以挣3万。他们属于长期居住在当地的外地人。问起今后的打算，他们还是早晚要回故乡的。毕竟这里没他们的土地。

阿克苏（之二）

这个新疆南部的小城，因为小而没有人注意。印象中，过去只有一条像样的马路，从城东到城西。街道两边是学校、商场和医院。凡是比较像样的单位都位于临街。那时候，街面上还有一些铁匠铺，老远就看到铁花四溅，两个光着脊梁的小徒弟抡着铁锤，一下一下，上下翻飞，对面是他们的师傅，留着长长的胡须，嘴里叼着莫合烟（当地很浓烈的烟草），一手握着铁钳，一手抡把小榔头，铁钳翻动着铁榔头敲打着，每敲一下，徒弟们的铁锤就砸一下，他敲那里，铁锤就跟到那里，很自然地形成了一种节奏，小榔头的"叮"和铁锤的"哐"此起彼伏。等把一团乱铁敲打成了型，师傅就把那火红的东西往水桶里一丢，顿时冒出一股白烟，并伴随吱吱的尖叫。

从街上走过的人，老远就开始摆出随时躲避的样子，生怕被那桶里的水溅了身子。

街边还有常见的馕坑。那是西部特有的景观。馕坑是土垒的。表面是就是一个灶台，其实是一个很深的土坑。四壁上都洒了很多盐水。下面点着很旺的炭火。整个坑道温度极高，就是在那样的土壁上，做馕的师傅手上戴着长长手套，通常是用湿透的厚布子裹了一层又一层，从手到胳膊都裹上，然后湿漉漉地把手探进灶壁，把捏好的馕或者肉包子迅速而准确地贴到灶壁上，这是一个辛苦活儿，不仅要不停地俯身下去贴馕，而且一年四季都要经历高温的烘烤，尤其是夏天，做这样的食物简直就是酷刑。可也只有这样从馕坑里出来的食物才鲜美可口。那馕趁热吃比较松软，凉了后也依然香脆，在牛奶中一沾，马上绵软起来，味道一样甜香。有时从高温中用钩子钩上来，现场就吃，有的还沾着泥土，拍打一下马上就干干净净，在那样高温下的泥土已经没有任何危害了。

离开新疆很久。一次在居住的城市里发现一个维吾尔族同胞开的烤馕店，先是很惊奇，进去看看，他们居然有新疆那样的馕坑，工艺一点也没有省略，当即买了好些馕回去，边吃边说好，立刻就回到了新疆一样。再后来可以在超市里卖到馕了，但再找不到过去的味道。不是自己的口味在变。这些从某某国营食品公司出品的产品已经不是真正意义上的馕了。它们一吃就知道是机器成批加工，不是手工制作，没有了从高温馕坑出来的香甜和香脆。我想到目前正在如火如荼开展的非物质文化遗产工作。那些原生态的手工制作，一旦被机器化批量生产后，原本手工的精致和每个制作者通过劳动所凝结的心思，全部都被整齐划一地复制和遮蔽了。作品貌似很多，但作品中的文化含量贬值了，这些工艺一经廉价制作和贩卖，让人看到的不再是珍惜而是挥霍。

所以，当看到到处都是机器生产的馕后，我格外怀念看着馕坑边的师傅大汗淋漓为你制作时的场面，也怀念那时怀着揣着一点面粉，排长长的队伍等待换取热腾腾香脆食物的时光。在面对现场的制作时，食物显得如此崇高而且真实，那时候我想都不敢想，会有人在你的眼前贩卖假货或者在食物里加入化学元素，那时候的师傅们，那时候的我们都那么单纯……

2010 年 9 月 8 日

阿合奇

　　我印象中的这个小城，只是临水一个峭壁上的几间屋子。我在那里出生，而且在奶水不够的情况下，是喝了那里牧民的羊奶长大的。父亲因为工作原因曾经长期留守在阿合奇的测站上，负责每天对河流的分析和观察，并即时用电报机向总部发出水情预报。那时候每次看到父亲从河边回来就钻进机房，像电影《永不消逝的电波》中的地下党一样发报，心里特别地自豪。

　　阿合奇是个县城，少数民族中以克尔克孜族为多，克尔克孜族人的特点和维吾尔族人有几分相似。只是因为长期居住在山上，脸色更加微红些。那也是一个能歌善舞的民族，而且中国著名的少数民族史诗《玛纳斯》就是出自这个民族。很多年以后，当我从一个作家转向文学理论研究，接着转向民俗学研究时，才惊讶地发现原来我出生的地方，竟然产生过口传文化中那么优美伟大的史诗作品。

　　我甚至在那一刻幻想，也许就是在那个唯一的街道边上，我曾经看到的白胡子老人就是朱素普阿洪，就是他用自己苍老的嗓音为人们演唱了一段又一段的《玛纳斯》。据说能完整演唱《玛纳斯》的歌手在今天已几乎没有，而目前健在的演唱者们大多年事已高，抢救《玛纳斯》的工作正在进行，以后如果我们要了解《玛纳斯》可能只有通过影像资料的方式了，这是一种历史的宿命还是我们自己忽略了对伟大文化的继承与关心？

我和阿合奇的缘分还在于，母亲的亲人们都还在那片土地上。当年，大姨妈一家和五姨妈一家以及舅舅从遥远的四川来到了这里，那时到处还都是戈壁荒滩，他们各自承包了土地，在荒漠上开垦，从国营农场的普通工人干起，一直到退休。

印象中的亲人们，总要在过节的时候从阿合奇来到阿克苏，带给我们他们收获的清油、大豆、玉米。然后在我家一住就是很长时间。那时候总觉得家里负担着一帮穷亲戚的事情，为他们治病，为他们找临时工作。也讨厌过他们身上散发出的汗臭，和他们带来的虱子和跳蚤。

我很早就开始体会到家庭的困难和穷人的悲伤。每每亲戚们来到，我总能听见他们对父母倾诉着他们年年经受的天灾人祸。有时候是粮食绝收，有时候是收获的东西卖不出去。有时候是无钱看病了。那时候我真不明白为什么父母总能耐心地听他们说，然后想方设法去帮助他们。现在明白了：那源于他们骨血里的亲情。

就如同现在，我经常会思念远在新疆的妹妹，总设想着用自己的方法能帮她一把。尽管其实她过得也很快乐，但牵挂对于亲人来说早已经成为了习惯。

现在国家非常重视非物质文化遗产的保护，2006 年 5 月 20 日，《玛纳斯》经国务院批准列入第一批国家级非物质文化遗产名录。2007 年 6 月 5 日，经国家文化部确定，新疆维吾尔自治区克孜勒苏柯尔克孜自治州的居素甫·玛玛依和新疆维吾尔自治区文联民间文艺家协会的沙尔塔洪·卡德尔为该文化遗产项目代表性传承人，并被列入第一批国家级非物质文化遗产项目 226 名代表性传承人名单。这个名字因为和那遥远的阿合奇有着亲密的联系，我也就自豪地记住了。

2010 年 9 月 9 日

清明寒食节、五月端午的清官崇拜

冯骥才先生说：知识分子和文化人的不同是，知识分子有强烈的现实责任，心甘情愿背负起时代的十字架；文化人却可以超然世外和把玩文化。先生其实揭示了一个自古以来就存在的事实：知识分子和文化人一向存在着，知识分子只是少数。那些以民族大义时代需要为个人责任的文化人，是真的知识分子。文化人可以有渊博的文化，可以明哲保身，但却不能超越个人利益为国家和民众做出更多的贡献。从一般意义看，文化人用清高的姿态完成了个人理想的建设，守住了自己的精神家园，获得内心的宁静。从社会价值的角度评价，一个真正的知识分子不能只局限在自己的田园之中，忘记了民族或者世界的安危，他随时思考并积极参与到整个人类环境和利益的保护中。他甚至可以因此忘记或者舍弃许多世俗的名利，达到忘我的投入。

在中国的传统节日文化中，一个明显的事实是，一些重要的民间节日因为其对知识分子的崇敬和爱戴而成为世代的传统，成为祖祖辈辈纪念的日子。比如中国传统的清明寒食节，比如端午节。这两大纪念性节日里都汇聚了一个主题：百姓对清官的呼唤对知识分子高洁品行的赞美。寒食节传统习俗现在已经和清明节融合在一起，成为一个节日。它的加入充实和深化了清明节过去的涵义，使得清明节的内容更加丰富，内涵更加深刻。百姓在过这个节日的时候，如果知道这个节日除了祭奠先人还因为它有着中国百姓对春秋时代晋国大臣介子推的纪念那就更有意味了。为了救国君他割肉奉君，帮助晋文公渡过难关，在晋文公大业成功、分封授奖时，却背着母亲躲进深山。他身上体现了一代知识分子高贵品格。晋文公为了逼他下山做官，放火烧山，介子推竟然宁死也不下山，活活被烧死在山上。他死的目的是为了进一步地向君王表明心迹：我宁死也不愿意侍奉在君王旁边，是想以死的方式告诫你：做君王一定要多为百姓着想，清正廉明。

可以说介子推所做的每一步都是把国家民族大义放到了第一位，而且他之所以感动了晋文公，进而被百姓崇信，也是因为他高洁的品行影响和感动了百姓的心灵。真的知识分子是感动天地的，他所作的一切都是出于无私出于民族利益，因此在民间才会产生巨大的号召力。同样的楚大夫屈原，也是因为充满了对祖国的爱却被君王误解，无私和奉献的情怀得不到认可，而自己无法挽救祖国的命运，用投水的方式完成对君王最后的奉劝，他的死也赢得了百姓的理解和爱戴，这样一个节日，千年过去依然流传并被大家继承，其巨大的力量来源于：百姓对清官对知识分子的尊敬。

我曾经在一次端午节文化论坛上发言指出：一个民族把一个全国性的节日给了一个诗人，那是中国人，那是这个诗歌的国度对知识分子的尊重和敬仰。同样也表现了民间对清官的召唤。所以，在寒食节和端午节这两天，所有的中国官员也应该自觉地对个人进行反省，这一天作为全国官员反省日也很恰当。

其实何止是官员们，中国所有的文人，如果能够意识到自己在整个民族和文化发展中的责任承当，并且能够自觉地投入到文化遗产的保护和日常的研究、教育中去，那么中国的文化传播和文化软实力一定会得到显著的提高，国民的素质也会因为越来越多知识分子的加入而得到整体性的提升。

节日是用来纪念的，节日的流传代表着一种优秀文化的存在，时间已经证明了其存在的价值。而只有真正领会了节日的文化内涵，懂得了节日的现代意义，我们的心灵才能找到久违的温暖，才能产生亲近和热爱。我们应该借助知识的传播让现在的年轻人感受到这份人文感动，从而更加热爱我们自己的文化遗产。

2010 年 9 月 10 日

三大"鬼节"的人文情怀

文化多元的时代，同时也是全球化的时代，网络正在把地球变成一个村落。如果深入分析这种情况，我们会意识到一个严肃的问题：文化的全球化正在把文化同一化，或者说强势文化正在阉割或者遮蔽弱势文化。文化本没有高低和先进落后之分，但经济实力的强弱提供给每个国家的文化传播平台是不一样的。在这样的前提下，国家的文化安全是首先应被关注的，防止本国文化被他国文化同化是很严峻的问题。因为，文化的独特性如果遭到破坏，一个民族、一个国家的传统就会有遭受断裂之危。

是的，我们坚持文化相对主义立场，尊敬他国文化的同时也尊敬和保护本国文化，这非常重要，它将给予我们宽广的眼光和视域，培育我们宽容的态度和虚怀若谷的胸怀。这里我们必须谈到中国民间的三大"鬼节"。这三大民间"鬼节"在中国已经存在了很长的时间。清明节大约始于周代，距今已有二千五百多年的历史；中元节最早源自什么朝代还没有最后的定论，如果根据民间流传的"目连救母"故事，那么该习俗应是源自佛教传入中国之时；寒衣节从秦朝就已经流行，历经了千年风雨，至今在中国的很多地方，这三大节日都保持着旺盛的生命活力。

每到农历四月五日，中国的百姓总要亲自赶到家族的坟头，为死去的亲人们送上祭奠和哀思，通常要烧纸并在坟前摆上食物祭拜，为了表达思念，活人还要在坟前嘴里念念有词，和亡灵进行心灵的沟通。每到农历七月十五日，许多地方的中国百姓都会去坟头扫墓，烧纸祭奠然后在家里还要设立仪式，在房屋的显要位置摆放碗筷和最好的饭菜酒水、新鲜水果款待另一个世界的先人们。在他们眼中，这一天的亡灵都要请回家吃个团圆饭，感受家的温暖，表达亲人对先人们的怀念。而这天家里的子女们都要回到家中一起祭奠先人。那些已婚的子女尤其要赶回来。在山东莱芜一带，这一天是仅次于春节的节日，全家人团聚在一起，和过节一样。到了黄昏，家家都要放鞭炮送亡灵回去。在这一天，在迎接自家先人的同时，为了防止那些无家可归的孤魂野鬼的侵扰，有些人家还要在自家门前烧些纸用来送给那些无家可归的孤魂，讲究的人家还要在大门口的门槛处横一根棍子，那棍子叫拦门棍，为得是驱除野鬼来家。这里看出了中国人的朴素和善良。既给野鬼们钱，让他们也过上好日子，同时又做了防备，防止野鬼对活人生活的影响。在这一天，家家餐桌上摆出的名字你可以看出先人的辈分和在家族中的地位，有些牌位是叔叔辈或者伯父或者和父亲相关的亲人的名字。一问才知，家族中有先人没有子息，为了让他也享受到家族的快乐，也要请他们来家，而且那位先人生前因为没有子息还因此过继了这家中的某一个子女，这样就将香火延续了。毕竟都是一个祖先，毕竟还都流着同一家族的血统。从中元节的祖先祭拜中，我们也看出了，家族血脉的流传在中国农村依然十分重要。

三大"鬼节"的另一个时间在初冬时节，叫寒衣节。这个时候天气寒冷，想起另一个亲人，活人们要给他买或者做些御寒的衣服给他。所以这天要烧纸，也有的人家是用纸做好衣服然后烧掉。他们以为，这样先人们就可以在另一个世界收到它们，进而可以穿着温暖的衣服过冬。这是一个有人情味的节日。天冷添衣，不仅给活人还要给先人们。中国人的细腻也表露出来。我碰见过一个年近八旬的老人，她本来和女儿住在城市里，但到了农历十月初一的时候，她一定要赶回去，尽管那天大雪封锁了道路，她还是坚持回到几百公里外的乡下去。因为那天她要给死去的老伴儿烧纸、送去寒衣。我当时非常感动。过去我对寒衣节并没有多少情感上的认识，但自那件事后，我就记住了寒衣节。我觉得，中国的节日其实有许多故事，而那些动人的故事可以让人们因为感动而爱上节日本身。

"鬼节"听起来很可怕，如果我们细心观察和体会，我们就会读懂清明时节走满田野大道上的人们，读懂中元节里那些赶回家团聚的人群，读懂寒衣节里那些喃喃的低语，读懂远在他乡的人为什么即使在拥挤的城市里也要跑到空阔地烧一堆纸钱。在追思亲人的时候，是不是他们真的能听见先人们灵魂的心跳，能听见一些抚慰的低语？生者和死者通过这些仪式，完成了一年三次的重大"重逢"。

2010 年 9 月 11 日

七夕拜月和女儿讨巧

　　"七夕节"又称"女儿节"，民间又称"乞巧节"。现在网友们又给了她一个新的称呼"中国情人节"。其实这个节日和西方的情人节有很大的不同。西方情人节这一天是相爱的人最为浪漫的一天。在中国的农历七月七这一天，节日的内容要丰富很多。家中的女子晚上要在院子里摆上丰富的水果祭拜织女星。女子希望七姐（织女星）能够保佑自己有一双巧手，能够缝制出精美的衣物——因为过去女子成年后就要待在闺房中亲自为自己准备结婚的嫁妆，所以女红如何就可以看出姑娘是否心灵手巧，是否会操持家务。为了嫁个好人家，并得到周围的赞美，女子祈求赐给她们巧手的能力理所当然。

　　从乞巧的习俗中我们可以看出，女子最终的目的是为了日后婚姻的幸福。因为婚姻幸福与否，与她们是否心灵手巧息息相关。所以这天关系的是女子的终身，故当做女人节来过是最为恰当的。而且传说这天天上的牛郎和织女星要相会，自然又增添了几分爱情的浪漫。我想，女子在乞巧的同时一定在心里也要为自己的爱情祈祷，因此，这个节日基本上充满了女儿的浪漫和爱情期盼。这个朴素的节日如果到了现代，仍旧保持过去的传统，把爱情和幸福寄托在女红上，女性们还把拥有巧手而作为自己未来的砝码，那么，时代就不是进步而是倒退了。

从这个意义上说，中国传统的乞巧节，虽然美丽而且传统悠久，但如果不根据实际情况，去死板地保持过去的内涵，那么，这个节日必然会退出历史的进程。

在提出保护文化遗产的今天，当人们的目光关注到即将消失的文化时，乞巧节得到了重视，这是好事情，可要让乞巧真的保持持久的生命力，还需要丰富节日内容，以便吸引更多的年轻人。而让年轻人产生对节日喜爱的一个重要方法，莫过于让节日文化贴近他们的心灵。如果让乞巧节真的成为有情人的节日，使它在当代生活中获得崭新的生命，这绝不是一件坏事。

财神崇拜

在课堂上，我问起在坐的一百多位同学，问他们知道财神节是哪一天，没多少人能答对。但问哪些同学的家乡还过财神节，有一半的人举了手。这有点出乎意料。中国古代以商朝比干为文财神，以三国关云长为武财神。每年正月初五专祭财神。祭祀时，红烛高烧，鞭炮齐鸣，用面做成元宝、圣虫，或用钱做成钱龙，吃水饺谓之"元宝"，意谓招财进宝。山东临清每年七月二十一日至二十三日为财神会，唱戏三天。山东潍县是七月二十一日为祭财神日。其财神庙有对联云："颇有几分钱，你也求，他也求，给谁是好？点上三柱香，朝也拜，夕也拜，叫我为难。"

但在来自山东全省各地的百余名学生中，有一半同学的家乡还保留着过财神节，说明这个节日在山东民间还是很流行的。

传说光绪年间，在即墨古城有一个姓周的掌柜，经营一家叫"春兴永"布匹丝绸店。他在七月二十一日那天夜里，一连做了3个完全相同的梦。梦中的他正在照顾生意，门外突然来了个披头散发的老者，一进门就坐在一把椅子上对他念叨说："明天是我的生日，很多年没有人给我过了，谁给我过，保证他生意亨通……"周掌柜是生意人，为讨个吉利，第二天一早，他就早早准备好香纸、供品、鞭炮。在梦中老者的嘱咐下，燃放鞭炮，祭奠先祖……说来也怪，那天来看热闹的人不少，看完后都纷纷涌到店内割绸布，本来冷清的生意立马红火起来。周掌柜迎财神的事儿很快被好事者一传十，十传百……所以，每年阴历的七月二十二，即墨城的家家店铺都效仿，流传至今，形成了迎财神的习俗。

细读这个传说，地点是在山东的即墨，传说中没点名供奉的是哪一个财神。但其目的只有一个：只有敬拜财神，财神才会让你家富裕。而这和很多民间流传的受灾禳解的故事很相近。方圆百里有传说：一个司机在夜里开车，突然大路中心横着一个白色大蟒蛇，他吓得不敢开门。突然间蟒蛇直起身子变成白胡子老头，告诉他：赶紧回去通知所有的亲朋好友，在某天一定要每人吃一百个馄饨，而且要在家里点100只小蜡烛，这样就可以避免即将到来的一场瘟疫。于是一时间商店蜡烛一售而空，猪肉牛肉紧缺。而在这样类似的民间故事背后，常常隐藏着一个常规性的事实：一些商人为了兜售自己的商品，故意制造出这样的谣言，目的是为了短时间让积压的商品获利。

这个传说还反映出一个现象：中国民间关于财神的传说很多，而且财神的种类也很多，文财神就有好几个，武财神也有好几个，还有福财神等等。给财神过生日的故事也不只是从清朝开始。那为什么山东即墨这里的财神故事从光绪年开始？估计财神信仰在光绪年间曾经有过一个高潮期，为了将这样的高潮表现有一个确切的理由，民间常常会敷衍出一个故事给予支撑。而传说是否能够入史则需要历史学家从专业角度进行判断。

据民间流传的另一个说法：财神的生日是正月初五。和现在的民间不同的地方是供奉财神的时间已经有了区别。过去听得少，是因为在民间的说法中，穷人是供不起财神的，所以穷人求财是求不得的。而且在传说中武财神赵公明是个典型的势力眼，不给穷人财富，因为财神娘娘偷着接济了穷人，他竟然就休了结发妻子。但人们终究还是要拜，而且这些年拜的人开始增多，是不是富人越来越多的缘故也未可知。

2010 年 9 月 20 日

后 记

　　这是我的第二本随笔集，尽管在近二十年的写作生涯中，我写下了大量的随笔。通过阅读这本书，大家基本上可以通过一个人内心世界的活动和成长，看到他从一个多梦少年长大到成年的漫长历程。他可能放弃了过去的梦想，从天空逐渐落在地面，开始和土地亲近，开始注意了柴米油盐，他的历程可能代表了那个时代很多年轻人的梦想，而他的世俗化也是一个自然的结果。人总是要梦醒的，只要不忘初心就好。

　　我们无法总是活在梦中，我们需要开始认识世界的复杂，认识到诸多不可能的现实，认识到我们需要健康而且有尊严的生活，这都需要从生活中获得营养。

　　这本书可以和我的学术著作作互文观看。认识一个人，基本上可以断定他的哲学思想，他对世界和文化的认识，一个学者如果没有丰富的情怀，是很难获得高贵的境界的。而境界是不论地位高低的。有时候我们从一个民间艺人那里获得的领悟，远多于一个道貌岸然的权贵，这是一个基本事实。

马知遥于天津听雨斋

2016 年 7 月